台灣美術中的
五十座山岳

目錄

認識台灣美術發展史的百科全書

　　一九九二年文建會與雄獅美術開始合作出版【家庭美術館——美術家傳記叢書】，到今年終於出齊了五十位藝術家傳記。我是在一九九三年從香港中文大學回到台灣，在文建會申學庸主委屬下推動新的文化政策，這十二年來看著雄獅美術李賢文兄和多位年輕的撰述者鍥而不捨地投入這項文化工程，一冊一冊陸續問世，不但是對台灣這塊土地上所孕育出來的藝術文化資產的總整理，也是在累積當代人對台灣前輩藝術家成就的認知與肯定。

　　這裡收錄了五十位美術家遍及視覺藝術諸領域，他們的出身背景固以台灣本土藝術家為主，但也包含了來自中國和日本而在台灣成就其創作的名家，充分顯示台灣藝術傳統的多元與多樣之特質。在風格脈絡方面，這裡有傳統中國水墨畫家，有師承東洋日本畫的膠彩畫家，有深受日本西洋畫影響而呈現現代性意識的水彩和油畫家，在台灣獨樹一幟的雕塑家和陶藝家，以影像新技術紀錄和表現傳統美感與現代生活面貌的攝影家，出自傳統藝匠的彩繪和木雕師，以及無師自通的素人畫家。這些人物與作品分別代表了不同時期與不同元素所構成的近代台灣文化層，這套叢書更是後代人據以認識和研究台灣美術發展史的百科全書，最後這本導覽別冊讓我們很快地對五十位大師的風格與特質一覽無遺，是一個總結也是一個入門楔子。

　　有了這五十本傳記，過去百年來台灣的美術傳統等於是涓滴不漏地建立了起來。這當然是台灣文化藝術史上的一項豐功偉業，可慶可賀，也足以大書特書。我們今天除了瞻仰這五十座大山之外，也要對雄獅美術的作者和編輯群致以最高敬意，讓這套叢書可以發揮台灣美術發展史上承先啓後的角色。

陳其南

行政院文化建設委員會 主任委員

台灣多元文化藝術的傳承

　　一轉眼，由文建會與雄獅美術合作出版的【家庭美術館——美術家傳記叢書】已經進行到第五階段，美術家的傳記也已出版到第五十本。回想當年與李賢文先生共同商討第一階段計劃之內容與執行方案時的情景，感觸頗多。對於文建會與李先生及雄獅團隊這些年來的投注心力，堅持理想，讓這個計劃終於發展成一個有累積、有歷史的「傳統」，我個人應先表達由衷的欽佩與感謝。

　　十二年的時間不短，雄獅也經歷過許多事情，但是【美術家傳記叢書】的計劃卻沒有中斷。這不得不歸功於文建會與雄獅團隊對此計劃初始理念始終如一的信仰。當年所選的第一批十位美術家都是公認的大師，對他們的研究、介紹其實本不缺乏；傳記之作，卻是為了我們的年輕一代。對於正在形成他們自己的人格與世界觀的青少年而言，這些前輩美術家就在他們的周圍，但卻又那麼陌生，如果能提供適當的讀物，將這些美術家的動人形象，帶到我們青少年的成長歷程之中，應該是件很有意義的工作。這是當年規劃的初衷，現在仍是雄獅熱誠的泉源。

　　從第一階段進行到第五階段，所選美術家的類型越來越多元。從第一階段清一色全是畫家，至後來陸續出現書法家、攝影家、陶藝家、民族藝師等，甚至日裔美術家也被納入。還記得洪通初次展覽時，當時文化界還有其是否為藝術的爭論。現在這種疑慮已經不再存在，洪通在第四階段的出版中也得到讀者的熱情接納。這意謂著台灣社會的日益開放，此套【美術家傳記叢書】在這過程中，也有它部分的貢獻。而當我們回顧這一切，不禁也要為其所形塑的台灣之多元文化藝術的傳統，感到興奮與欣慰。

石守謙

國立故宮博物院院長

讓台灣孩子腦海中擁有五十張本土藝術家的臉

　　長久以來，在我們的書店裡看到的，可以介紹給中小學生欣賞、閱讀的美術書籍，多半偏向於以歐洲為主的西洋美術方面的介紹。例如：《藝術家的花園》、《大畫家的小秘密》、《藝術家系列叢書》、《兒童百科的藝術篇》等等，內容從原始藝術、古埃及、古希臘、古羅馬、中世紀、文藝復興、浪漫派、寫實主義、印象派、後期印象派、立體派、野獸派、二十世紀的藝術等等談起，或是介紹達文西、米開蘭基羅、莫內、塞尚、梵谷、畢卡索、馬諦斯等等大師的畫作為主。所以我們的少年兒童腦海中始終留下這些西洋美術大師們的臉像，而對於我們台灣本土藝術家的認識則非常缺乏！

　　還好，行政院文化建設委員會和雄獅圖書公司適時的出版了【家庭美術館——美術家傳記叢書】五十本 ，它會使得台灣的這一代少年兒童腦海中除了西洋美術之外，還能認識五十位本土的藝術家。這是很有鄉土意識的美術欣賞教學的最佳資料。下面是我所見到的叢書中幾個特點，可以用為教學時引用的好材料：

一、發現畫家筆下的台灣山川之美：

　　從台灣的北到南，西到東，都看得到畫家們表現出台灣山明水秀景點的代表作品，例如：廖繼春的「龜山島」、陳澄波的「淡水黃昏」、郭雪湖的「淡水戎克船」、石川欽一郎的「台灣總督府」、李梅樹的「三峽春曉」、李澤藩的「新竹東門」、顏水龍的「蘭嶼斜陽」、傅狷夫的「清水斷崖」（彩墨）、馬白水的「長春祠」等等，都是前輩畫家們為美麗的山川留下的可貴圖像。

二、從畫裡看到台灣民俗之美：

　　台灣原住民及常民所留下來的風俗習慣及生活中的珍貴圖像，也能在前輩畫家的珍貴作品中看到，例如：劉其偉的「排灣祖靈像」與「憤怒的蘭嶼」、顏水龍的「魯凱少女」、鄧南光攝影作品中的「屏東山地門」、立石鐵臣的《台灣畫冊》等等，都是深具原始與民俗紀錄價值的好作品。

三、欣賞鄉土氣息濃厚的立體造形與雕塑：

台灣的前輩雕塑家、建築師和木雕家也為我們創作了很傑出的立體造形作品。例如：黃土水的「水牛群像」與「釋迦出山」、楊英風的「驟雨」(銅雕)與「日月光華」(浮雕)、李松林的「蘭花」與「溪兒耕歇」(木雕)、陳其寬的「路思義教堂」(建築)等等。

四、水墨與照相機捕捉下的大陸美好風光：

從來自大陸的前輩藝術家們運用水墨畫所留下來的國畫及攝影家留下的美好鏡頭中，也可以欣賞到很傑出的作品。例如：郎靜山鏡頭下的「黃浦江」與「廣西桂林」、傅狷夫的水墨畫「黃河」、余承堯的「長江萬里圖」、張大千的「黃山始信峰」、黃君璧的「嘉陵江畔」等等。

五、放眼國外的名勝古蹟之美：

從前輩畫家們的作品中，也可以發現他們放眼世界的創作成果，例如：席德進的「西班牙教堂」、楊三郎的「巴黎舊巷」與「水都所見」、陳慧坤的「塞納河畔」與「姬路城」、張義雄的「托雷多」與「東京有樂町」、陳進的「尼加拉瀑布」、張萬傳的「巴黎聖心堂」等等，都是充分顯示了前輩畫家們，走遍世界各地造訪名勝古蹟，善用他們的彩筆所留下的美好景象圖。

我相信，從這些前輩藝術家們所努力創作出來的眾多作品裡，可以充分的提供下一代台灣少年朋友在美術文化上的精神糧食，透過老師與家長們的關心與傳播，能夠讓我們的孩子享有這些本土藝術的寶藏。

鄭明進

資深兒童美育專家

美術史上嶄新的里程碑

文建會與雄獅美術圖書公司合作出版五十本【美術家傳記叢書】，放在書櫃上儼然成為五彩繽紛的長城，又好像一顆顆寶石般串成了珍貴的冠飾，見證台灣美術百年來的成就。好比無心插柳柳成蔭，今日的榮景絕非當初所能預見。一九九三年，在藝術家出版社所策劃的豪華版【台灣美術全系】（迄今共二十四冊）起跑之後，這套書以謙虛的十六開本小書姿態出現。可能是為了與現有市場區隔，雄獅鎖定青少年讀物的方向，最初設定目標是「專誠針對青少年」，「筆法生動活潑且富戲劇感」。編輯群在製作最初的十本時，四處外訪圖書館或畫家家屬，尋找各種相關圖片、歷史資料，或實景照片，努力揣測另一端的小讀者耐心的極限，呈現圖片勝於文字的樣貌。

記得當初，有位年輕的編輯曾憂心忡忡地對我說，這套書只能屬於小眾讀物市場。但是這一套外表樸素，拈在手中感覺輕鬆的書籍，對於許多美術愛好者，不分業餘或專家，卻充滿了不可抵擋的吸引力。第一套書中，我們就看到年輕聰敏的美術創作者湯皇珍，一個人共寫了三冊，成為三位個性與畫風都不相同的作家：李梅樹、張大千與楊三郎，嶄新而成功的代言人。

事實上第一套書的緣起與一九八〇年代文建會曾籌辦「中華民國現代十大美術家展」，並送至日本展覽的附加產品有關。正因為如此，這十位畫家涵蓋已故與在世，不同省籍與不同媒材，包括油畫、水彩與水墨，而在畫壇上德高望重的畫家。這樣交錯的視野放到雄獅總主編李賢文的案上時，出現更加開放而寬容的胸襟。從第二階段開始，明顯地增加書法家、攝影家、雕刻家與陶藝家的分量；也照顧到傳統藝人、包括彩繪與木刻，連素人畫家洪通都登上了傳記叢書的舞台。

在此寬闊多變化的舞台上，我們看到許多美術家無緣接受學院式的訓練，也從來不知道自己的創作可以換來金錢，滿足一己的名利，卻無怨無悔地將自己的生命奉獻給顏料、泥土或雕刻刀。他們喚起了我們生命成長中的回憶，在陋巷中默默地耕耘的美術家或美術老師，原來是這樣執著地化無為有，改變我們對生活美學的看法，在許多人的心中埋下一粒粒藝術的種子。

【美術家傳記叢書】在李賢文先生審慎而開放地經營下，打破了許多人對於美術家，高不可攀的固定看法。更多的作者自願下海，以一年，甚至兩年的寶貴時間，埋首推敲，如何深入地剖析他們長年熟悉的美術家，將自己的觀察與看法凝聚為晶瑩剔透，如月印水，如海映月的形象。在第二階段，我們看到李欽賢一舉拿下四位前輩畫家的代言權；黃土水、廖繼春、郭柏川、李石樵，不可不謂大豐收。而更值得注意的是新生代書畫史研究者林銓居，也拿下三位傳記書畫家的代言權：溥心畬、余承堯與于右任，這三本書可以說正是他多年來研究成果的展現。

這套書到了第二階段已逐漸離開了既設的青少年讀物的目標。然而這並不一定是出版

社刻意的抉擇，而是因為進入第二階段以後，許多美術家，特別指非油畫類別，都要靠這本書的出版，才首次有了具體的研究成果，與完整的畫冊。苦心耕耘的作者將自己的見解與分析融入流暢的文字中，文字與作品圖版之間的對話變得更為自在從容，達到圖文並茂的境界。

從第一階段開始，美術史研究者便熱烈地參與寫作，例如陳瓊花（林玉山）、劉芳如（黃君璧）與林育淳（劉啓祥）。第二階段以後，鄭惠美動人的文筆和獨到的眼光，陸續提出可觀的成績：席德進、劉其偉與陳其寬。素來以工作拼命認真聞名的廖瑾瑗也在第三、四階段交出了郭雪湖、林之助與張萬傳。

然而，這樣的寬闊舞台還需要其他重要的參與者。攝影方面表現特別令人敬佩；張照堂與蕭永盛的執筆（鄧南光、張才、郎靜山、李鳴鵰）為我們的時代留下回味無窮的光影紀錄。黃小燕筆下的張義雄彷彿披上浪漫迷人的彩霞。新秀洪米貞以冷靜而溫暖的眼光觀照人性、更為我們揭開洪通羞澀的面紗。而當我讀到陳宏勉所寫的吳梅嶺與陳雲程時，也不禁動容，原來書畫家沒有專業與業餘的差別，只在乎他的創作如何深刻地打動年輕人的心靈。另一方面，在雄獅出版社，編輯群前仆後繼，順應三十一位不同的作者，尋求彼此的信賴與合作，努力為這套書的品質把關，她們是值得稱讚的幕後英雄。

當代資訊文化普及於一般大眾，美術與社會生活的對話也更為密切而多元。美術無法自外於社會，而是需要更深入生活，提升全民的心靈品質。美術鑑賞是全民教育中不可或缺的一環，而優秀的美術創作更是國家文化精粹的表徵。適當地利用美術不但可以用來妝點門面，愉悅心情，更是跨越國界，以無聲的語言與世界溝通共享的最佳途徑。用更白的話說，我們需要以謙虛的心態多多認識這塊土地所培育出來的美術作品，而不是用投機的心態期待快速地成為收藏家，更不是等到站在巴黎羅浮宮的門前，只覺得自己像是個白目的外星人。與台灣史上的五十位美術家做忘年之交，讓他們引領我們進入世界美術殿堂，這是何等幸福的事。

台灣美術史上的第一代美術家歷經時代的劇烈變化，堅持其強烈的向上心，僅極少數幸運的美術家擁有留學經驗或家學淵源，但更多的人卻積極從環境中尋找、爭取任何學習的機會。他們勤勉努力的態度，大公無私的教育精神，共同在我們的生活中傳播美術的吸引力。

十多年來，這套書不僅為我們發掘了許多可貴的美術作品，成為台灣美術史的重要傑作，發掘新一代的寫作者，而且更可貴的是，這五十本書所共同譜成的一道彩虹，橫跨台灣文化寬闊無比的地平線，為我們培養了許多可貴的作者與文字、美術編輯群。期許雄獅美術繼續耐心地經營下一階段的五十本書；在我們共同的生命史上樹立嶄新的里程碑。

顏娟英

中央研究院歷史語言研究所研究員

打開記憶長卷──
台灣美術中的五十座山岳

撰文／李賢文

　　台灣的山，很多很多，就像台灣的美術人才輩出；而海拔三千公尺以上的二百座美麗的台灣高山，很少有人遍遊，就像台灣傑出美術家，也少有人遍賞。為了促進美術進入家庭，文建會與雄獅美術由一九九二年起合作出版【家庭美術館──美術家傳記叢書】，如今更出版了導覽別冊《台灣美術中的五十座山岳》，以為十二年五十本美術家傳記叢書的回顧與展望。

　　登山界以登上台灣百岳為榮，一般人則是望山興歎，明明高山在望，卻無力登頂遠眺；如果閱讀【美術家傳記叢書】以觀賞山水景致的心情，則台灣美術中的五十座山岳，就可任你足踏青山，游目騁懷。

　　任何人只要佇立玉山主峰野望，則白雲無盡、山脈延綿，將引人無限遐想；而展開台灣美術長卷，則美術家追求理想的性格以及追求完美形象的精神，無不啓人瞻仰。如果以「台灣百岳」象徵密宗的曼荼羅圖像，則每座山代表了一個精義所在；因此以【美術家傳記叢書】象徵台灣美術曼荼羅圖像，則每一本書就代表了一種德行與風格。

劉啓祥　玉山雪景　1969

　　回首這十二年，文建會更迭了六位主委，而我的鬍子也由黑變白；也在這十二年中，五十位美術家先後走了二十位，他們是余承堯、曹秋圃、張才、郎靜山、楊三郎、李石樵、洪瑞麟、江兆申、顏水龍、楊英風、陳進、劉啓祥、李松林、陳夏雨、劉其偉、陳庭詩、張萬傳、馬白水、吳梅嶺，以及林玉山，二十位中只有五位來得及在生前看到以他為名的美術家傳記。不論是生前榮耀或死後追封，在變化無常的人世中，【美術家傳記叢書】的陸續出版，象徵典範的長存與藝術的永恆。

　　由於我個人長年的美術出版工作以及拜師學藝的機緣，曾與多位前輩美術家有過接觸，現將親身遭遇的經驗，就交往次第且印象深刻者，為讀者導覽台灣美術大山。

令人仰慕的兩座大山──李石樵與廖繼春

　　一九六一年，當我還是一位初二中學生，我的美術啟蒙老師何肇衢，帶我拜訪畫伯李石樵與廖繼春。記得李石樵以嚴肅的態度拿著色紙貼在我的寫生油畫作品「苗栗出礦坑」，然後對我說某處顏色綠一點或黃一點，畫面就會更為和諧……等，對於一位孫輩的美術初習生如此認真對待，令我既緊張又興奮；而面對廖繼春則是另一種經驗。他以親切的態度對我說：「這樣畫很好很好」，其愛護鼓勵晚輩的神情，至今猶深印在我的腦海中。

　　他們二位是我的老師的老師，對年少的我而言，他們猶如美術界的兩座崔巍高峰，高山景行令我仰慕。

廖繼春　自畫像　1926

親切的山──劉其偉

　　《雄獅美術月刊》創刊之前的一九七一年年初，原本議定要以報紙型面貌問世，當年六十歲的劉其偉則獨排眾議說：「再怎麼薄也應以一本雜誌出刊，否則會被當做包油條的紙張！」回想這位瘦癯長者猶如一座嶙峋高山對眾人發出智慧的諍言。事隔三十一年，九十歲的劉其偉坐在台北國際書展會場裡為熱情的粉絲在新書《探險‧巫師‧劉其偉》上簽名，一群女學生看到「老頑童」的容顏直呼「好可愛，好可愛！」此時的劉老彷彿是一座親切的山，吸引人們去親近。

九十歲的劉其偉在台北國際書展為熱情的讀者簽名　2002

傳奇的山──洪通

　　洪通，這位素人畫家，他的崛起經過所引起的爭辯、討論，大概是台灣美術史上最多的了。一九七三年四月號的《雄獅美術》「洪通特輯」，出版十天後即銷售一空，一時之間洪通成為各個媒體的焦點人物。有五年之久，位於台南縣南鯤鯓的洪通畫屋就像是一座傳奇的山，慕名或好奇前往探望的人士絡繹不絕，隨著他的去世，洪通轟動世人的新聞逐漸為人淡忘，但他的創作已為文化界接受，甚至歐美人士也為之傾心。洪通從一位「瘋子畫家」到「樸素藝術」領域的代表人物，這之間的差異，反應了台灣社會某些觀念的開放與進步。《靈魅‧狂想‧洪通》，得以成為【美術家傳記叢書】中的一冊，正凸顯三十年來台灣美術文化環境的變遷。

洪通與洪通畫屋　1975

熱情的火山——陳澄波

　　一九七三年秋在嘉義，畫友戴璧吟陪我與秋香去拜訪陳澄波的家人。很幸運地見到了陳澄波夫人張捷女士與長子陳重光先生，經過我們熱切的懇求，陳夫人終於含著淚珠從眠床腳(床下)拿出佈滿灰塵的陳澄波畫作，我們屏息觀看那一張張遭無情的二二八事件所埋沒的創作。這批陳家之寶竟不能也不敢展示他人達二十六年之久，令我們當下感慨萬千。一九七九年當春之藝廊吳耀忠經理委託我策展一年時，我終於有機會為陳家在台北舉行「陳澄波遺作展」，展後不到一個月高雄爆發美麗島事件，遺作展就處在政治陰影中做了戰後的第一次公開。隨著政治解嚴，陳澄波的精神與藝術終於在寶島上光芒四射，其熱情如火的筆觸與色彩如同一座火山，雖然燃燒了自己，卻將光與熱留給世人。

陳澄波　自畫像　1927

溫馨的山——顏水龍

　　顏水龍的一生有如一座溫馨的山，他不與世人相爭，正如山的包容萬物，由其生前畫作觀之亦有溫馨的感覺。

　　六〇至七〇年代，顏水龍的系列作品，畫家經常以藍色調畫出瘖瘂中的淡水晨曦，畫出個人領受到的空靈靜寂的美感經驗；日月潭、曾文水庫等湖光山色的創作亦彰顯出畫家的性德，湖面安詳不起波動，而天上雲朵更是彼此謙讓；七〇至八〇年代的蘭嶼組畫，畫家經常以絢爛陽光對應岸上色彩強烈的拼板舟，特別的是畫中的太陽給人的感受不是炙熱難熬，而是有如冬日溫馨的陽光。

顏水龍　日月潭風景　1981

　　畫家還以台灣本土材料設計手工藝品，如鹹草製的地毯、鳳梨葉纖維製成的布料，以竹子做成的桌椅，以工藝品去貼近老百姓的生活。台北劍潭公園的馬賽克壁畫「從農業社會到工業社會」，顏水龍完成於一九六九年，堪稱早年台灣公共藝術的代表作，其溫馨的色感與令人緬懷的內容題材，至今猶是台北人之愛。

謙虛的山——洪瑞麟

　　回想報紙三大張的時代，小小的一則畫展消息都可以讓很多人知道，更何況大篇幅的報導。一九七九年七月五日，洪瑞麟的「三十五年礦工造形展」新聞破天荒地受到媒體重視，不只在《民生報》上了頭條新聞，當年《中國時報》副刊主編高信疆與《聯合報》副刊主編

洪瑞麟　礦工頭像　1956

瘂弦都不約而同地以大篇幅連續評介洪瑞麟的礦工畫作及其思想，可以說一夕之間洪瑞麟變成了家喻戶曉的大畫家，然而在可以大展鴻圖的六十九歲之齡，他選擇了赴美依親，同時也不再繪畫收藏家渴望的礦工體裁作品。九〇年代初他的油畫作品「礦工」在拍賣會上創下台灣在世畫家最高畫價紀錄，他也謙虛地表示自己一生作畫從未有任何目的，但是很樂意自己的作品能得真正知音者的收藏。洪瑞麟這座謙虛的山，留給世人最佳的典範。

苦行的山──陳夏雨

一位繼黃土水之後入選帝展的雕刻家陳夏雨，戰後卻蟄居台中，足不出戶地日日創作，往往一件小小頭像就做四、五年之久，其追求完美形象的心歷路程，如同一位苦行僧在追求人生的解脫道，這樣一位特別的藝術家當然是《雄獅美術月刊》於一九七九年起製作「前輩美術家系列」中必選的對象。前輩美術家在當年既不受到社會的肯定也得不到應有的支持，因此我們除了在月刊製作專輯外，更以「台灣美術家」系列叢書的出版來提醒國人的重視，可惜此項計劃只出版了《蟄居的雕刻家──陳夏雨》與《學院中的素人畫家──陳澄波》兩冊。所幸文建會成立初期即注意到前輩美術家，而有了【美術家傳記叢書】的出版，當年未能持續出版的遺憾，於今終於圓滿了。

雄霸的山──楊三郎

瞬息萬變的大自然，一直是熱愛寫生的畫家楊三郎，一生取之不盡的泉源。

一九八六年九月的某一天，八十歲的他趁著韋恩颱風環滯台灣的時候，於清晨三點半與學生啓程往東北海岸龍洞寫生。他對雄獅採訪編輯說：「我擔心的是風浪太平靜，沒有波濤洶湧的美感，那畫起來就太單調了！」為了從大自然中汲取指導，他經常披星戴月，趕赴他想要畫的地點寫生。

眼觀太陽自雲層中如跳丸般地蹦出之際，畫家熟練地將筆沾黏色料，或取原色或是調色，快速地將眼前片刻動人的天色捕畫下來。畫家拿著畫筆飛快地來回在畫布與調色板之間舞動，此時的楊三郎如同一位雄霸的指揮家，指揮各種顏色如同指揮各類樂器，完成了一張又一張的山水交響曲。

一九七九年雄獅美術出版《蟄居的雕刻家──陳夏雨》

一九七九年雄獅美術出版《學院中的素人畫家──陳澄波》

「百年大雪武嶺行」局部　奇萊主峰與南峰

綜觀楊三郎畫作，不論是日出、浪濤、高山、舊街、瓶花，或是春夏秋冬四季之作，都充滿了繽紛亮麗的色感以及雄厚中帶點霸氣的筆觸。如陽光般的楊三郎令人難以忘懷。

楊三郎　曉日　1987

思慕的山──立石鐵臣

在台灣出生的日裔畫家立石鐵臣，雖然也是台陽美展的創始人之一，但不同其他畫家，除了以油彩繪畫台灣風景，更以插畫、版畫來貼近台灣民俗生活。一九四八年被迫遣返日本後，從來沒有忘懷台灣，一九六二年更完成《台灣畫冊》表達他思慕台灣之情。一九七九年，經由《民俗台灣》編輯池田敏雄的協助，我曾前往東京拜訪立石鐵臣，他對我說的第一句話是：「台灣是我的第二故鄉，我可算是半個台灣人。」令我印象深刻至今難忘。

巴黎、紐約所以能先後成為國際藝術之都，在於它能廣納他國優秀的藝術家，因此如立石鐵臣、石川欽一郎對台灣美術文化有卓越貢獻者，都應視為台灣之光。《灣生‧風土‧立石鐵臣》與《水彩‧紫瀾‧石川欽一郎》這兩本書的出版正顯示了開放心胸與自主信念的台灣新的美術文化觀。

《水彩‧紫瀾‧石川欽一郎》作者／顏娟英

祥和的山──陳進

什麼樣心情的人畫什麼樣的畫，反之，畫也反映了畫家的心性，陳進的膠彩畫正是一個例證。

凡是親近過陳進的人，無不感受到她的慈祥溫和，而細觀其畫作的人亦有如是的感受。三〇年代早年作品「伉儷」，畫的是一對金婚古稀老夫妻，男的慈眉善目，女的慈悲為懷；「悠閒」一作中斜躺的少婦，雖然眼睛看的不是手中的《詩韻全璧》，但眼眸已帶出了詩意；「化妝」中的二位小姐在化妝中顯出舒眉展眼適意無憂的樣態。五〇年代的「嬰兒」、「小男孩」等作品，則畫出了家庭的美滿融洽。六〇年代的「觀世音畫像」與「釋迦行誼圖」則表現出普渡眾生的無我精神。七〇年代的「王者香」、「菊花」等，以花象徵了女性的柔美芬芳。八〇年代母子系列作品，更凸顯出慈母關愛的眼神。

陳進作品所傳達的傳統女性之美，在乖違荒謬的人世間，顯得珍貴難有。多看一眼陳進作品，似乎就多了一分祥和。

《灣生‧風土‧立石鐵臣》作者／邱函妮

陳進　化妝　1930

巉嶮的山──席德進

　　戰後隨軍來台的畫家中，席德進是第一位從台灣風土人情中，汲取創作靈感的美術家。一九七四年席德進在《雄獅美術》連載的〈台灣民間藝術〉集結出版之後，台灣古建築更成為席德進水彩畫的主要題材，此後一生不論是油畫、水彩、水墨創作，他都一再於台灣民間藝術中取材，不斷在台灣山水畫中抒發他的感動。這位「外省」畫家投入畢生的心力將他對台灣的愛化成文字化成美術，為我們留下許多珍貴的文化遺產。

　　席德進病逝那年一九八一年的六月，蔣勳發表為祝福席德進早日康復的文章〈生命的苦汁〉：「……有一張畫金瓜石山我特別喜歡，他告訴我，那一天，一位朋友開了車，帶他跑了一下午，沒有題材，心裡煩躁，正整備回家，路過金瓜石，夕陽的光線照著暗下來的山形，『哇！這山好凶啊！』他這樣心中一驚，下車架好畫架，四十五分鐘就畫了這張畫。」「這山好凶啊！」畫家說這話的時候，蔣勳覺得他說的不是山，卻是生命本身。

　　「我見青山多嫵媚，料青山，見我應如是。」將辛棄疾看山的意境，換成席德進畫山的喜好，則席德進看山多巉嶮，而，青山，看席德進的一生何嘗不是巉嶮難測啊！

席德進　金瓜石山色　1981

隱者的山──余承堯

　　官拜中將，四十八歲退役的余承堯，由五十六歲嘗試作第一張畫到八十八歲的台北首展，三十二年之間，余承堯如同一位隱士畫家，過著「十日畫一水，五日畫一石」的淡泊生活。他將記憶中的華山、劍門關、長江、黃河等大山大水，一筆一筆地以自修的筆法，自己細觀山水之後的理解，畫出宋畫以前，沒有皴法傳統之前，數百張條幅作品，乃至四連屏與八連屏的巨作。這種有別於時下水墨山水畫的作品，先後見賞於大收藏家王季遷，藝評家李鑄晉、石守謙、李渝……等，一九八六年台北個展之後，八十八歲余承堯的豐美才情，才為世人所知。

　　一九九〇年，我有幸陪余承堯遊中部橫貫公路，一路上他曾就如何看山、如何構圖、如何將山川趣味融於畫中、如何取捨山景等問題提出看法，令我受益無窮。他說：「看山形需看局部也看整體，再細

余承堯　中橫速寫　1990

細地觀察樹、石與險要等。」 「看山需要多次觀察，邊看邊理解。」又提醒我說：「經常欣賞研究詩詞者，看山的層次就較能深入。」經過十五年了，這句話在我近十年的書畫學習中，逐漸浮顯出重要性，也才真正理解余老生前的一句話，「讀書第一，其次是書法，最後才是繪畫。」

愛樂的山──廖德政

喜歡音樂的油畫家廖德政，認為聆賞音樂亦如一種修行的錘鍊，轉換到繪畫上就是永無止境的追求。

一九七○年以來住在天母的他，在「賞音」之時亦經常觀「觀音」，廖德政因而畫出一系列以觀音山為主題的作品。他不只畫出了觀音山的春夏秋冬，觀音山的日夜、雲霞，也表現出寄情於觀音山的畫家心境，尤其是「紅霞」一作，更凸顯畫家對其離世的夫人陳紅霞女士的深情。觀音山在畫家遠眺近觀中或朦朧或清晰，或有雲相隨或落日相伴，山色則或紫或藍或黃或綠，隨季節不同而有不同的創作。每件作品如樂章中的一段，串連起來就成一部觀音山田野交響曲。

廖德政　紅霞　1999-2000

廖德政最喜歡莫札特樂曲。日本傳田聽覺システム研究所指出聆聽莫札特樂曲的音調，將可開發右腦而促進創作潛力。或許畫家就是因愛樂而創作力源源不絕！

壽山──陳雲程

今年高壽一○一的陳雲程，自從十歲拿毛筆習字以來，毛筆就成為他一生的伴侶，而一支東京溫恭堂製作的「一掃千軍」長鋒純羊毫，更伴隨著他數十年，年過九十的他猶經常振筆直書那狂放不羈、綿延瀟灑的行草。有一天，我看到陳老以這支大羊毫為他人題字之後，竟是用同樣這支毛筆，寫出精美的細字題跋，筆勁有神而毫端如劍。那不是以眼力寫字而是以心以氣寫字，我在內心如此驚歎著。

毫畫書家　陳雲程　2003

曹秋圃活了一百歲，陳雲程更高於百歲，寫字可長壽，在此又是一個明證。陳雲程九十歲以後才逐漸揚名，之前，他蝸居於十坪大的師大教職員宿舍，每天就在這窄小空間悠遊自適於紙上線條，而其休

閒不是與友喝茶聊天，就是在巷底門口養蘭自賞，夜半人靜則臥遊於詩詞佳境之中，遇有心性相應的詩句經常書成作品以自娛，如「花與美人俱不老」、「花如殘夢柳如煙」，又如「貧無隙地栽桃李，日日門前看賣花」等，陳雲程的生活方式，正提供世人一個長壽之道。

回憶的山脈──李鳴鵰、鄧南光、張才

今夏在編輯【美術家傳記叢書】第五十本《時光・點描・李鳴鵰》時，看到一張攝於一九五四年的老照片「台北西門國小」，不禁將我的回憶拉到童年時代，那時我與李鳴鵰的長子李道一是西門國小同班好友，而學校附近的昆明街一二二號是李鳴鵰開設的「中美行」照相材料店，也就是李道一的家。當年根本不知什麼「攝影三劍客」，李鳴鵰對我而言只是一位如父般的嚴肅長者。看著這張國小校園，回想到我的美術萌芽期就在西門國小，記憶中，李道一與我的畫是最經常被美術老師貼在教室牆壁上，無形中對美術的興趣與信心，就這樣培養起來。

攝影三劍客五○年代作品，如鄧南光的「台北新公園」、「艋舺」、「大稻埕」、「淡水河畔」；張才的「霞海城隍祭典聖駕出巡」、「女戲遊唱」、「雜貨店」、「賣粽子與肉圓的攤子」、「萬國戲院」、「三輪車夫的家」、「大眾爺遊境」；以及李鳴鵰的「渡船」、「淡水河畔」、「煙販」、「台北大橋」、「瑠公圳」、「中山橋」……等，這批老照片彷彿是綿亙的回憶山脈，將我們帶回童年純真的歲月。

鄧南光　艋舺　1950年代

張才　新莊大眾爺遊境中的范將軍　1949

李鳴鵰　西門國小的頑童　1954

家庭美術館

色彩・和諧・廖繼春
三峽・寫實・李梅樹
王孫・逸士・溥心畬
山水・獨行・席德進
大地・牧歌・黃土水
鄉園・彩筆・李澤藩
自然・寫生・林玉山
飛瀑・煙雲・黃君璧
抒情・韻律・劉啓祥
綠野・樂章・廖德政
草書・狂雲・陳雲程
礦城・麗島・倪蔣懷
魑魅・狂想・洪通
蘭嶼・裝飾・顏水龍
閨秀・時代・陳進
氣質・獨造・郭柏川
雲山・潑墨・張大千
野趣・摯情・沈耀初
高彩・智性・李石樵
草書・美髯・于右任
油彩・熱情・陳澄波
陽光・印象・楊三郎
隱士・才情・余承堯
礦工・太陽・洪瑞麟
府城・彩繪・陳玉峰
完美・心象・陳夏雨
四季・彩妍・郭雪湖
書禪・厚實・曹秋圃

雄獅圖書股份有限公司

文人・四絕・江兆申
雋永・自然・陳慧坤
探險・巫師・劉南光
鄉愁・記憶・鄧南光
沈戀・勁拔・臺靜農
影心・直情・張才
畫意・集錦・郎靜山
在野・雄風・張萬傳
雲濤・艷絕・傅狷夫
膠彩・雅韻・林之助
古典・陶藝・林葆家
水彩・紫瀾・石川欽一郎
浪人・秋歌・張義雄
神遊・物外・陳庭詩
景觀・師表・吳梅嶺
時光・點描・陳庭詩
木雕・暢意・李松林
百年・孤寂・王攀元
空間・造境・立石鐵臣
灣生・風土・馬白水
彩墨・千山・馬白水
抒情・韻律・劉啓祥
野趣・摯情・沈耀初
自然・寫生・林玉山
大地・牧歌・黃土水

雄獅圖書股份有限公司

台灣美術天地闊 奇麗秀絕五十峰

雕塑家黃土水與油畫家陳澄波出生的一八九五年，台灣由清朝割讓給了日本，政權之變也導致了文化與經濟之變。以美術文化而言，大和文化與其間接帶來的西洋文化在寶島上開啓了嶄新氣象。就以山水畫爲例，清代台灣畫家與寓台畫家的山水畫多附麗於歷史演義通俗題材，或承襲傳統文人畫之制式風格，而無寫生台灣風景的作品留傳，直到日治中期，始有日本寓台畫家與其台灣年輕學生開始寫生台灣。《台灣通史》作者連雅堂更在一九三三年〈雅言〉一文中，從歷史與文化的角度呼籲寫生台灣的必要性，並且鼓勵台人多以奇麗秀絕的台灣山水爲創作泉源，他說：「夫以台灣山川之秀麗、風濤之噴薄、珍禽怪獸之游翔、名花異木之蔚茂，璀璨陸離，不可方狀；台人士之生斯、長斯者，能舉當前之變化而蘊蓄之，發之胸中，驅之腕底，以自成藝，豈不義歟！」

台灣前輩美術家接受新觀念的洗禮，開啓了各具風格的美術創作，或奇或麗或秀或絕，在台灣美術新天地之中，爲我們留下了珍貴且豐厚的美術創作。本書內容取材自【家庭美術館──美術家傳記叢書】五十冊的精華，在此我們要特別感謝十二年來三十一位作者，他（她）們投注無比的熱忱與辛勤的文化耕耘，爲國人述說美術家一生精彩的故事，同時也教導國人如何欣賞美術家作品，以及如何理解美術家的創作意境。

五十位美術家以其作品呈現了對台灣的「情」與「愛」；傳記作者則以文字再度彰顯了美術家的「情」與「愛」。這三十一位傳記作者是白雪蘭、田麗卿、江衍疇、李郁周、李奕興、李欽賢、李蕭錕、邱函妮、邱士華、林育淳、林銓居、席慕蓉、洪米貞、涂瑛娥、陳宏勉、陳淑華、陳惠玉、陳瓊花、張照堂、黃小燕、湯皇珍、廖雪芳、廖瑾瑗、蔡文怡、鄭水萍、鄭惠美、劉芳如、盧廷清、顏娟英、蕭永盛、蕭瓊瑞（以筆劃爲序）。他們或是台灣美術史學者，或是專業研究者，或是詩人，或是甫自研究所畢業的年輕學者，或是資深主編，無不以撰寫一本心儀的美術家，爲台灣美術盡一份心力爲榮。

于右任　高雄遠望

高雄遠望

＊從一九四九年，政府播遷來台，于右任奉命來台安排監察院南遷事宜，一直到一九六四年逝世為止，于右任前後在台灣生活了十六年。這段時間，屈居海隅，看盡國事的繁華與零落，萬里江山，可說是百戰成灰了，心情雖感慨，但書風卻更見老辣成熟。

一九五〇年，于右任到南部巡視，抵達高雄時住在港口招待所，他從海港西望，只見萬頃波瀾，因而寫下一首語意悲壯的〈高雄遠望〉：「霸業東方何處尋，痴兒失算復南侵，天留吾輩開新運，人說中原有好音。撥亂非為一代計，哦詩爭起萬龍吟。旗山當面莊嚴甚，無限光明照古今。」這樣的詩句，如此的豪情，彷彿他的內心有一種永遠取之不盡，用之不竭的壯闊磅礴。這種恢弘壯瀾之美，正是于右任人格特質的顯現，也是他的詩文和草書最被稱道的所在。

此幅「高雄遠望」，保持標準草書字字獨立，雖疏實密的開張續氣章法。

杭州學者陳振濂說他「用筆方重，筆勢凌厲，特別是在揉合魏、草方面，可稱是一代功德主。」而日本學者後藤太郎更直指于右任「書法運筆之妙，出神入化，如天馬行空，不受羈絆」，其原因乃在於「完美的人格表現於書法上。」

事實上，于右任書法最為人稱道之處，在於不論行草各體，均能展現出豪健磅礴、雄渾壯闊的氣勢，這實因出自其深厚的漢魏碑學內涵。陝西省地方志編纂委員會編印出版的《于右任書墓志墓表選輯》，收錄于右任從四十一歲至六十九歲間的作品，共二十一篇，正可看出由魏碑到行草的習書歷程，提供瞭解

于右任書風演變的參考。不僅勤於臨碑、習帖，在一九三二年創辦標準草書社之後，于右任致力於草書推廣，他曾自陳：「余中年學草，每日一字，兩三年間，可以執筆。」當時他已年近六十，書法的名氣遠播於中土，這「可以執筆」四字，當然是過謙之詞，但也可見其用功之深。

朝寫〈石門銘〉暮臨〈二十品〉

于右任出身陝西，也就是北碑的原鄉之一，他一輩子不斷在收藏、訪碑、臨摹上下功夫，深得碑書的精髓。他曾留下「朝寫石門銘，暮臨二十品，竟夜集詩聯，不知淚濕枕。」說明集聯之苦與用功之深。他的一生，非常豐富多變，他不但以書法博得「草聖」的美名，同時也是革命報人、開國元老和中國的監察院之父。當然更重要的是，于右任的詩詞文采和他的胸襟氣度一樣，極其雄健開闊。

雖然身分顯赫，卻生活簡樸，用的是竹木傢俱，吃的是拉麵大餅。一生不置私產，死時兩袖清風，身後保險箱中只有鋼筆一枝、日記數本、印章及借貸帳單一張。自奉甚儉卻不吝贈字，他最常題贈的格言是「為萬世開太平」。他的書法剛健，詩文豪闊，人格高古，堪稱中國現代書家典範。

于右任墨蹟「千字文」，字旁標示此字體出自哪一位書家。圈起來的字是標準草書社自創之七十七字之一。

標準草書的創制

為了實用與普及，于右任曾窮畢生之力改革草書。他在民國二十年創立草書社，有系統的收集並整理中國歷代的草書，歸納部首與結構，以「易識」、「易學」、「準確」、「美觀」為依歸，吳敬恆曾讚譽刊行之《標準草書》，為許慎《說文解字》後之第一部書，標準草書創制至今已超過半個世紀、經過十次的修定，使中國草書文字標準化、規範化，亦使草書的辨識與書寫更加得心應手，對今日有志草書學習者，已成為最佳之入門指引。

朝臨石門銘暮寫二十品辛苦集為聯夜~淚濕枕 雜懷之四 于右任

于右任多年後再重寫此詩時，字句上又稍有更改：
朝臨石門銘，暮寫二十品。
辛苦集為聯，夜夜淚濕枕。

21

臺峰層巒此最奇
風光傳語費疑思
面目天教爾許窺
己巳年中秋 九六老人 曹秋圃

曹秋圃 太魯閣峽雜詠之一 1989 318×100公分
釋文：臺嶂層巒此最奇，風光傳語費疑思，自非任意
遠來客，面目天教爾許窺。

太魯閣峽雜詠之一

＊「疊嶂層巒此最奇，風光傳語費疑思，自非任重遠來客，面目天教爾許窺。」這首落款九六老人的〈太魯閣峽雜詠之一〉是一九八九年曹秋圃九十五歲時的書法作品。

一九三一年，曹秋圃三十七歲時，《東台灣新報》在台東、花蓮等地為曹秋圃舉辦書法個展，曹氏暢遊台灣東部，作〈東台灣雜詠〉五絕、七絕、五律各體詩共十九首，另有〈太魯閣峽雜詠〉七絕十二首，詩興因風光奇麗而盛，詩囊因行腳多方而豐。早年日治時期，曹秋圃初設書房時，以教授漢文為主，書法為輔，創立「澹廬書會」後，以文與書法並重。設專修塾時，則以書法為主，漢詩、漢文為輔。詩書並重各體兼備是澹廬書法教育的特色。

曹秋圃精擅各種書體，他的篆書渾厚勁練，筆蒼墨飽；隸書沉穩厚實，草書輕快明麗，行書潤腴有致。

雖然曹秋圃平素論書或詩作提及六朝書法或北碑南帖合參等文用詞不少，實際上並不認為魏碑可以奉為典範，而取為主要的臨學對象。因為魏碑字體不隸不楷，字態非正非方，非文人雅士風範。

曹秋圃的書法成就來自勤學不輟。「練字，說來真是辛苦囉！經常從入夜寫到天明。寫得指尖出血作繭。」而下筆時，「不得稍存急躁，必須心平氣和，全神貫注，一個字、一個字的寫。」這樣的努力，其自我期許必然是如同詩中所說的：「字表人間相，筆開國際花，奔雷看灑墨，四壁走龍蛇。」

硯作稼 鐵成鋒

曹秋圃早年收藏不少當時台籍與日籍書法家的篆隸楷行草各體作品，這是他練字的最佳參考資料。他曾表示，「早年習字，都是拿起筆就寫，有什麼字就臨什麼字；久而久之，各個字體的結構和筆法運走，自然就體悟在心了。」當時台南舉人羅秀惠印有草書對聯相贈：「淡泊生涯硯作稼，廬陵健筆鐵成鋒。」曹秋圃不僅在書壇上享有盛名，一直是二十世紀台灣書壇「壇上」人物，他與諸多前輩美術家亦時相往返，詩畫相酬。一九三五年，他與郭雪湖、楊三郎、林錦鴻、陳敬輝、呂鐵州等組成「六硯會」，而林玉山雖比曹秋圃年輕十二歲，彼此也詩書相贈，惺惺相惜。

曹秋圃與迴腕法

曹秋圃五十歲時，認真思考迴腕法，有時在公園散步，也以杖代筆，專心研練迴腕法。書法史上有以迴腕執筆而有大成就的書法家，清朝有何紹基（1799~1873）、日本有日下部鳴鶴（1838~1922），兩人各成為兩國書史人物。曹秋圃並從迴腕法，體悟出太極圜運筆法：「運筆要循太極圜，以靜其心，並穩定執筆力。」由書法到養氣、書禪，生命橫跨兩個世紀，始終以書生自許，孜孜於書藝與教學，終成為以書養氣，以詩增壽的書法人物。

《雄獅美術》第一四八期「澹廬曹秋圃專輯」內頁曹秋圃特別示範迴腕法的手勢。

曹秋圃　思無邪　行書

沈鬱・勁拔

1902～1990

臺靜農

臺靜農　連橫過台南故居詩　75.4×14公分（林文月提供）

釋文：海上燕雲涕淚多　劫灰零亂感如何　馬兵營外蕭蕭柳　夢雨斜陽不

忍過

連橫過台南故居詩

＊「海上燕雲涕淚多，劫灰零亂感如何，馬兵營外蕭蕭柳，夢雨斜陽不忍過。」短短二十八字，澀筆緩行，有如老樹盤根，飽經風霜之後所散發的生命力。

臺靜農的書法創作，以書寫來抒發心中的沉鬱，這與晚明書家倪元璐、黃道周，甚至王鐸是相似的，他們都借助強勁有力的線條，轉折取勢，以避免線條的柔弱流美。臺靜農的行書以方筆側鋒為主，保留倪元璐最多的部份即在筆勢上的「欹側」。「欹側」的筆勢，主要是用來變化方塊字「橫平豎直」的間架。臺靜農每寫一個字，無論何種書體，都要求點劃清晰有力，筆筆周到，在「奇峭博麗」、「甚為媚麗」書風中亦追求樸拙渾厚。

事實上，自古以來的書家，莫不經過取法古代碑帖或近人手蹟的學習階段，總是在轉益多師、百花釀蜜之後，才卓然有成。而取法的對象，實與書家個性、氣質有關。臺靜農偏愛《石門頌》與倪元璐書法，自然在其隸書和行草書方面，有著決定性的影響，再經過長時間深造自得的實踐，逐漸完成自我的書風。其中《石門頌》的磅礡大氣與倪元璐的剛勁秀逸，實與臺靜農書法的內在性格有著深刻的聯繫，這正是臺靜農書法沉鬱勁拔，動人心魄的根源。

臺靜農的行書體勢，雖由倪元璐而來，但並不只是點畫波磔的近似，而是體勢精神上的相類，且大多取法倪書中骨力雄強的書風。張大千曾推臺靜農為「三百年來寫倪字的第一人。」

人書俱老——高臥一庵今白頭

臺靜農研習書藝，最初是受到父親的啟蒙；求學北大後，接受新文化刺激，中斷了十數年之久；直到抗戰入川以後，才將書藝用來抒發情性、排遣煩悶；寫得最多的時期，是中年來台以後，尤其是從退休前後到病逝這段晚年歲月，展現出自然緩慢與成熟的「人書俱老」風格。

臺靜農存世作品，多為七十歲以後作品。八十歲左右更是其書法創作的高峰期，且一直持續到八十八歲的高齡。臺靜農不考究書法工具，不喜歡公開展覽，也不願「為人役使」寫字，更不想開宗立派傳授書學，所傳達的是個人的情感世界、學養風範及人格氣質。

抒發內在生命的書家

臺靜農早年從北大旁聽生到研究所國學門生，他曾參與未名社，和老舍、魯迅、陳獨秀、沈尹默皆有往來。從大陸時期的五四文藝青年到遷台後的中文系教授，書法成為他在教學、研究外，抒懷遺興並知名於世的藝術。

一九八七年，書畫名家江兆申在臺靜農八十六歲時所寫的＜仿唐代兩宋法書冊＞上題跋「幅幅古人，亦幅幅自家」，說的雖是書法筆勢，但何嘗不是臺靜農中晚年藉古人斧鑿，抒發自家胸臆的真實寫照。

臺靜農　行書小中堂　64x34.5公分（臺益公 提供）
高臥一庵今白頭

三老，左起臺靜農、張大千、莊嚴，1978年賞畫於摩耶精舍（攝影／莊靈）

草書·狂雲

1906～

陳雲程

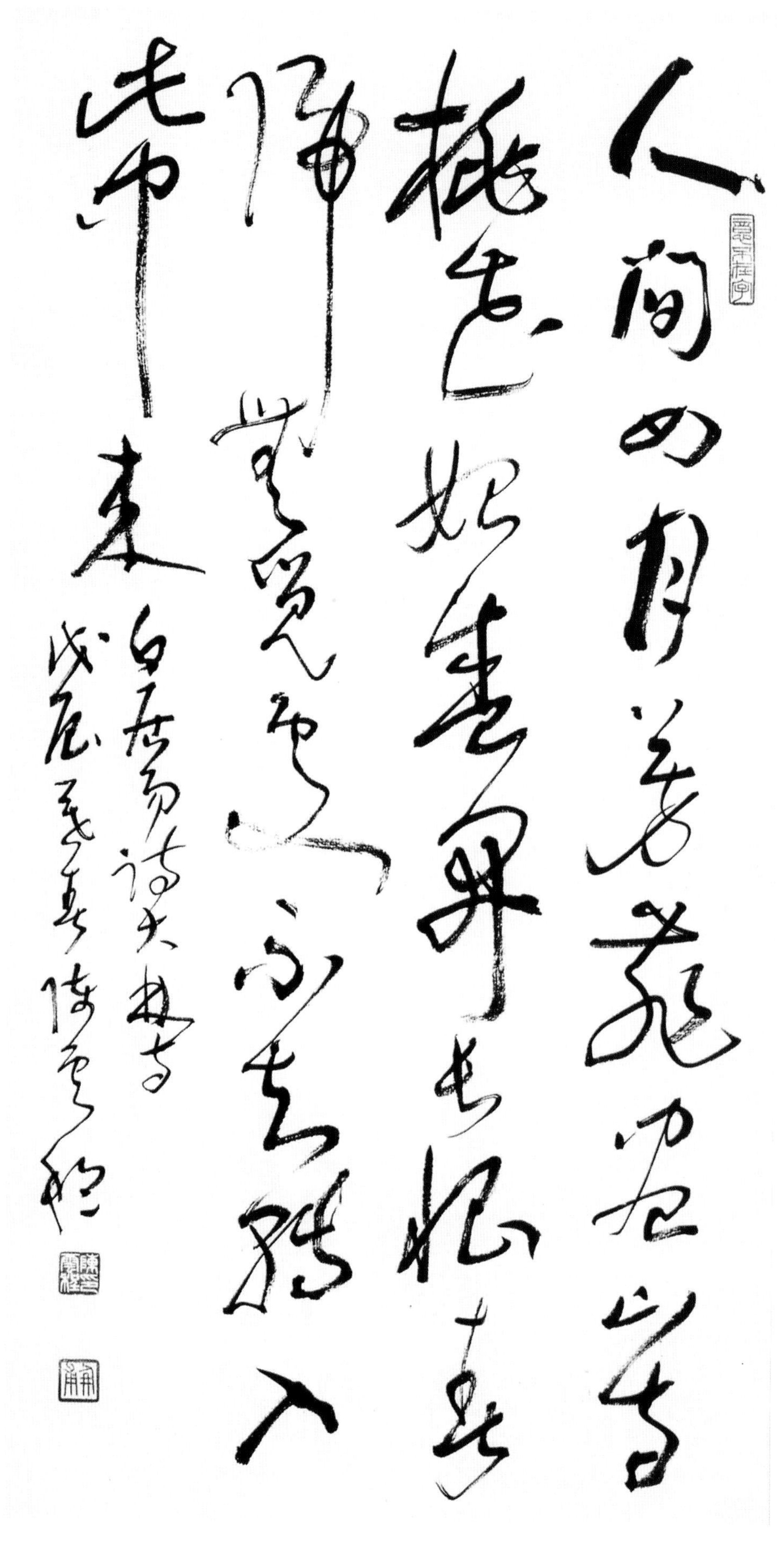

白居易詩大林寺 1988 67×34公分

釋文：人間四月芳菲盡，山寺桃花始盛開，長恨春歸無覓

處，不知轉入此中來。

白居易詩大林寺

＊蝸居於十坪大的師大教職員宿舍的擁擠斗室，陳雲程卻怡然自得，只要空出一小塊桌面，白紙一鋪，提筆飽蘸墨汁，靠著上下、左右的推移，就能完成一件書法作品。狂雲般的飛草，幾乎都是在這窄小的空間中揮就，凝神靜定之中，外在環境的侷限泯於無形，只見化為紙上自在的線條，悠遊自適。

書於一九八八年的〈白居易詩大林寺〉：「人間四月芳菲盡，山寺桃花始盛開，長恨春歸無覓處，不知轉入此中來。」於此件作品中可看出陳雲程的線條，充滿了時間感與隨機變化的遲疾輕重，在長時間的陶鑄訓練中，陳雲程已達到隨心所欲，線隨心轉的自由。耄耋之年的作品猶見筆鋒健朗，以這件作品而言，起頭的「人」字極為厚重，縱觀陳雲程作品多有這種傾向，第一個字就要有精神以帶動後面的字；而「盡」字與「春」字都帶上極細且有勁的線條，若非功力深厚者很難達此境界，觀陳雲程於九十歲以後的作品亦是毫端如劍，可見他不是以眼寫字而是以心以氣寫字。

陳雲程經常強調字的起頭要挺拔才有精神，如「芳」字，如「桃」字，如「恨」字，又如「歸」字等都是；在飛舞的行草中，陳雲程也一再強調不論字如何舞動，其中都有一條中軸線，彷彿由字的頭至尾有一條神祕的線，拉住所有開張奔放的線條，使字不至於如脫韁之野馬，如「菲」字、如「春」字、如「處」字。觀此件草書，字體有重有輕，有濃墨有飛白，有短縮的字有拉長的字，在種種字形變化中整件作品卻有統一而協調的美感。

陳雲程平日喜讀詩詞，與他心性對應的詩句經常書成作品。陳雲程老來才得名，正是「人間四月芳菲盡，山寺桃花始盛開」的寫照。人稱春風書法家的陳雲程，其春何在？「長恨春歸無覓處，不知轉入此中來。」原來春藏在書壇耆宿的行草書跡裡。

台灣書法百年的見證者

陳雲程，一九〇六年生於竹南，一生經歷日本統治與國民政府時期，而以二二八事件為重要轉折。陳雲程的草書，融合了源自中國的二王體系、于右任的標準草書，以及開展自日本十世紀平安朝的草假名書法。其筆意狂放不羈、綿延瀟灑，曹秋圃曾形容有如雲在發狂一般。這種漢和文化相融的書跡，不但是陳雲程的個人特色，也是台灣書法百年因地而生的特殊面目。

老書家的出土

二十世紀末，隨著解嚴與政治生態丕變，多年來被劃為禁忌的台灣史研究，一時蔚為顯學，因而台灣美術家和文學家，得到某種程度的平反，唯獨台灣的書壇，仍面目模糊。書法史研究者鄭進發，一九九五年開始走訪台灣本土書家做為其研究的方向。在尋訪過程中，認

台灣書法百年的見證者——陳雲程。
（攝影／林茂榮）

識了陳雲程，對於他行筆率意、細勁飛揚的草書，激賞不已。因此當《雄獅美術》月刊邀請他開闢「台灣訪書錄」專欄時，第一篇即以陳雲程的草書《東坡七絕》為題；一九九六年，第三百期《雄獅美術》的這篇文章和作品的介紹，才真正讓廣泛的書法界認識了陳雲程，這年他已是九十高壽了。

陳雲程 花與美人俱不老 1999 240X45 公分

溥心畬　白描觀音　161

白描觀音

✽ 溥心畬是中國近一百年來，成就極高、身分十分特殊的一位畫家，他出生在末代王朝滿清政府的王爵世家。滿清最後一位皇帝溥儀退位後，支持皇室、主張和國民軍背水一戰的「宗社黨」還繼續活動，溥心畬的哥哥溥偉就是宗社黨主戰派的一員。

袁世凱以和平逼退溥儀為條件，和孫中山先生談判，好不容易登上了臨時大總統的寶座，當然不希望還有人擁護清朝帝制，於是派兵夜圍恭王府的戰鬥，溥偉連夜逃到青島的德國租借區，溥心畬和他的母親項夫人、弟弟溥穗也在護衛和僕人的保護下，匆忙離開了北京城。

溥心畬和母親項夫人先是到河北清河二旗村，住在一個舊部屬家裡，然後再移居西郊的馬鞍山戒臺寺，過著讀書隱居的生活。在二旗村這段期間，項夫人親自教導溥心畬讀書寫字，因為離開恭王府的時候太過匆促，他們母子兩人只簡單的帶了幾本書、一部書法閣帖，以及幾張唐宋元明的古畫而已，項夫人為了讓溥心畬繼續進修，不惜把身邊的珠寶首飾典當出去，所得的錢就用來向書店租書，讓溥心畬借一本、抄一本。

溥心畬日後懷念他的母親，總是說自己生逢亂世而沒有荒廢了學問，都是項夫人的教誨所致。每逢母親的忌日，溥心畬就刺血和墨來寫經，或是畫一幅觀音菩薩的法相，為他死去的母親祈求冥福。一九六一年的「白描觀音」，就是其中一幅溥心畬為他母親祈福所繪的。

溥心畬 行書 杜工部詩句 65×32 公分

南張北溥

溥心畬於一九三〇年在北平（今北京）舉辦第一次個展以後，聲名大噪；此前已經在上海嶄露頭角的張大千，每一次到北平去，總要到溥心畬家拜訪，盤桓幾天，兩人合作詩畫，相互唱酬。

後來張大千也開始到北平開展覽，因為他筆墨功夫一流，所做的假畫往往能夠瞞過當地的鑑賞家，當做真蹟來收藏，引起北平藝壇的震撼，所以北平的畫商和畫家朋友，就把溥心畬和張大千合稱為「南張北溥」。這大約是一九三二年的故事了。

不過當時的南方藝壇最有份量的畫家，並不是張大千，而是被張大千稱讚為「山水竹石，清逸絕塵」的吳湖帆。在「南張北溥」之說開始流行的時候，張大千還曾經謙虛的認為「南吳北溥」更相稱才對。

吳湖帆（1894-1968）的爺爺吳大澂是學者、書畫家出身，做過湖南巡撫，所以吳湖帆的畫風也和溥心畬一樣，帶一點縟麗的貴冑氣息。和「南吳北溥」比起來，還是「南張北溥」兩個人的對比性比較強。

棋琴書畫樣樣精采

溥心畬對於棋琴書畫、吹拉彈唱，可說是樣樣精通，他能唱北崑、平劇、擅長彈奏三弦琴和月琴。早年在恭王府的堂會裡，溥心畬會親自操琴，到了台灣，他還是喜歡小露一手，自娛娛人。溥心畬年輕時候練過太極拳，因此臂力過人，彈琴的音調格外清遠，和他的書畫一樣精采。

到了台灣溥心畬（上圖前，下圖左一）還喜歡彈琴自娛娛人。

飛瀑・煙雲 黃君璧
1898~1991

黃君璧　尼加拉瓜瀑布　1969　水墨

尼加拉瓜瀑布

＊徐悲鴻曾經極為讚許黃君璧所畫的行雲流水,然而在徐悲鴻稱讚他的時候,黃君璧還沒有展開他的世界級瀑布之旅!一九六九年(民國五十八年),黃君璧先前往南非,觀賞維多利亞大瀑布;接著又遠赴南美,遊覽巴西的衣瓜索瀑布;之後還意猶未盡,回程再轉至加拿大,飽看尼加拉瓜瀑布的美景。

遊歷過世界著名的三大瀑布以後,深深感受到,傳統畫法已經無法表現如同萬馬奔騰、轟然有聲的巨瀑,因此他先後創造出「倒人字形」、「抖動搖擺形」的畫瀑新法。不僅逼真地傳達了瀑布飛動的視覺效果,就連水流激濺、撼人心魄的強烈音符,彷彿也隨著畫家的筆,緊緊地敲擊著每位觀眾的心弦。

這幅「尼加拉瓜瀑布」採取仰式的構圖。供觀光客行走的棧道,曲折蜿蜒於巨瀑和崖壁之間,相形之下,愈發顯示出水勢的壯闊。平時黃君璧跟朋友談論藝術,多半都是抱持謙虛的態度,很少炫耀自己的成就,只有講到畫雲和水,他才會當仁不讓,肯定那是前無古人的,「我畫的水和雲是前人所沒有的,我所畫的瀑布的水是會動的水,前人畫水只是用線條勾勒;我所畫的雲也與前人不同,是會動的,前人沒有這樣的表現法。」

向華山學得畫雲

出生於廣州的黃君璧,一生遊歷過的名山真是屈指難數,可是他卻念念不忘:「我向華山學得畫雲,向雁蕩學得畫瀑。」西嶽華山海拔二〇八〇公尺,是五嶽當中最為高聳、險峭的一座。它共有五座主峰,外形有點兒像一個人朝南而立,並且伸出左手,奮力指向雲煙縹緲的天際。傳說中,道教的始祖——老子,曾經駐足過這裡,所以,華山也是我國著名的道教聖地。

一九四三年,黃君璧應遷校重慶的中央大學校長羅家倫之邀,前往華山暢遊了一個多月,將當地煙雲變幻的情形,觀察得極為透徹。「華嶽圖」雖然是到台北定居以後,憑藉記憶所畫成的,不過他利用勾線跟筆染的功夫,將雲安插在樹叢、山腰、瀑布、群峰之間,讓整個畫面看起來山氣蒸騰,雲煙裊裊,充滿了蓬勃的生機。

徐悲鴻所繪的「黃君璧像」

一九三八年,徐悲鴻到黃君璧的住處閒聊,忽然興致來了,便提筆為主人畫肖像。畫像中,黃君璧身穿襯衫,打領帶,手裡還握著一根拐杖。原本他是坐在木頭椅子上,不過徐悲鴻畫的時候,卻把椅子改成岩石,背景再配上濃密的松樹,看起來好像是黃君璧正坐在樹蔭底下納涼,神情顯得格外悠閒。

黃君璧意外得到這幅傑作,心中彷彿如獲至寶,從此便將畫帶在身邊。來台北定居以後,還將它懸掛在客廳中極顯著的位置。只可惜,一九九〇年十月二十日凌晨,宵小闖入了黃宅,把這幅畫像連同其餘二十幾件作品給竊走了,這對當時已經九十三歲高齡的老畫家來說,實在是最大的打擊啊!

徐悲鴻　黃君璧像(局部)　1938　水墨

黃君璧　華嶽　1960
水墨設色 185×95公分
(台北市立美術館 提供)

雲山・潑墨 張大千
1899~1983

張大千　山雨欲來　1967　橫幅紙本・潑畫潑彩　93×116公分（大風堂收藏）

山雨欲來

✽張大千擅長山水、人物、花卉、仕女等題材，早年以傳統文人水墨畫成名，徐悲鴻曾推許他為「五百年來第一人」。張大千四十三歲時（1941）前往敦煌臨摹壁畫兩年七個月，此後作品蛻變鮮豔多彩，而豪邁之性格，造就了他潑墨畫裡壯闊的大千世界。

雖然張大千的潑墨彩山水充滿水、墨、彩的各種趣味，但他仍以細筆皴擦山腳，補出屋宇、人物、樹石，還是一幅帶有中國山水觀的「山水畫」。與全然在用色、用線、用面積上下功夫的抽象畫「無法等同」。不過，在「潑墨」這一條傳承路上，張大千又用朱砂、石綠、石青、生赭代替清水破析濃墨，取代積墨，比較古人只以水破墨或在黝墨處積墨，適時提出他個人極精彩的開創與維新。

然而，在「具象」或「抽象」的表達之間，張大千曾說：「有時畫固然要描繪現實，表現現實，但也不能太顧現實，這其間如何取捨，就全憑畫家的思想與功夫了！」仔細辨讀這句話，我們不能全然以具象或抽象的觀點來看待張大千的山水，如同中國山水畫的傳統含有作者寓寄在山水間的主觀觀點，甚至是人生觀，不全然看它畫得像不像真山真水。

「俯拾萬物，從心所欲」，它既是觀察萬物，亦是把萬物「改造」成符合自己心靈所欲，如一九六七年的「山雨欲來」，色彩強烈極致，光線神秘眩目，屋宇與大片色彩的融合，傳達出畫家心中人與大自然的親密關係。

石濤是他的不涸泉源

四十歲以前的張大千，曾在上海偽作石濤畫作，又因遊戲不服氣，引出一些爭議。移居北平，又專仿石濤、石谿、八大山人的作品，一時賣畫坊買主雲集，供應不暇，還有買贈日本朋友的，皆大受歡迎。更多的是張大千活用來自石濤的影響，成為一個不涸的泉源，好比把石濤的山城變松林，仿一高士，再以石濤筆法細寫松針和衣紋，成了一幅「三十自畫像」。

渡海三家

「渡海三家」指的是溥心畬（1896~1963）、黃君璧（1898~1991）、張大千（1899~1983）三位畫家，他們三人都是在大陸完成書畫教育，而且在當時的畫壇享有名望的畫家。一九四九年中共在大陸取得政權，黃君璧和溥心畬跟隨國民政府遷居台灣，張大千則輾轉由香港、印度到巴西、美國，最後在一九七七年回來台灣定居。

溥心畬、黃君璧和張大千三位畫家渡海來台，帶來了最正宗的「國畫傳統」，有人稱他們在台灣的那一段時間，是台灣水墨畫壇的「黃金時期」。不過要說典麗清雅，首推溥心畬；要說氣派與創意，則首推張大千；他們兩人的藝術地位，不是其他人所能企及的。

張大千　1929　三十自畫像
水墨設色　185×97 公分
（大風堂收藏）

一九五五年，渡海三家張大千（左）、黃君璧（中）與溥心畬（前右）相聚於日本東京。

隱士・才情
1898～1993

余承堯

余承堯　華山天下壯　彩墨　120×47公分

華山天下壯

＊余承堯愛山、喜歡爬山，他後來只畫山水，和他對山的特殊理解與登山的經驗有很大的關係。特別值得注意的是，在余承堯一生當中所完成的百件山水畫裡，只有少數幾張作品點出了憶寫的場景所在，華山正是其中代表。

余承堯一九四三年被任命為潼關督戰官，而潼關就在華山東邊三十公里的山腳下。余承堯聽當地的人說：沒爬過華山，就不算會爬山，因此就找一天去試試。出發當天，一共有四、五十人一起從華陰縣的登山口進入，映入眼簾的是層層疊疊直插青天的山峰。過了「一夫當關，萬夫莫敵」的劍門關及勸人趁早回頭的「回心石」之後，腳力較差的數人便停下腳步不再上爬。之後眾人便進入了華山山道最危險的部分，千尺幢、百尺峽和北峰，然後再由蒼龍嶺登上東、西、南、中等四個主峰，路程一段比一段驚險。余承堯和他的同伴到達北峰時已是中午時分了，其實能登上北峰也就勉強算是登過華山，所以此時眾人便開始猶豫是否要繼續冒險上爬，結果最後只剩下余承堯及另外兩個同伴決心繼續往上征服，其他人則都放棄了。

余承堯一行三人從北峰再出發，很快就抵達蒼龍嶺。蒼龍嶺是連接北峰及中峰的一塊完整的傾斜岩壁，大約二百多公尺長，山脊只有一公尺寬，兩邊岩壁垂直落下數百公尺，人走在上面就像騰空而行。戰戰兢兢地走完蒼龍嶺之後，余承堯放眼望去，東峰的山巔就浮在雲端上，他仔仔細細地端詳山峰的轉折及岩石的肌理，這些日後都一一在他的畫作中重新被呈現。

「華山天下壯」是余承堯六十多歲初學

畫時所作的第一張華山憶寫。畫中他詳細地描繪了蒼龍嶺、南天門等細節。圖面左上方像一條橋似，橫越在白雲之上、兩峰之間的就是險絕的蒼龍嶺。多年後他又畫了「華山憶寫」及「華山圖」。此三幅畫雖然構圖相近，也保留了相同的細節，但在前後峰的結構上，因為多營造了許多山峰的分體，而使得窄長的畫面上，愈見豐富的層次。

山水層次的禮頌

「結構完整，層次分明」是余承堯認為一幅畫的精神所在，也是他在畫風步入成熟之際，所關切的重心。這樣的「層次」是真實山水中，各種不同的形狀，不同質感的岩質山塊，所共組連結出完整而明確的空間關係。因為曾親身有過如此的山水體悟，所以他無法像許多學畫的人，只向老師學筆墨的表相，卻忽略實際山水中景物之間的高低、遠近和深淺等層次。為了要表現完整的層次，他以亂筆反覆的去營造墨色深淺的層次。在近處的山，他用墨濃而且重，使它輪廓明確，脈絡分明，然後愈遠愈

淡。或是以鮮亮的色彩，加強山石的形狀，以創造出更多的層次效果。

隱士傳奇

余承堯乃是台灣畫壇的傳奇。他曾經靠著天賦異稟，以超人的智慧與不懈的鬥志，官至將軍；他也曾經在眾人的驚詫聲中，毫不戀棧的辭去官職，改作商人。那年，他五十六歲，毅然決然地退出商場，甘之如飴的獨居陋巷，過著游於藝的隱士生活。他吟詩、作畫、研聽南管，涵泳於中國文人世界中獨有的細膩幽思與豪情。他傲骨滿身的高唱從沒有人畫出真山真水，他無師自學，技法自然，領略自然，自在地跨越過中國筆墨的問題，殊途同歸的實踐了文人的創作特質。他的出現有如傳奇，他的精神有如另一扇視野之窗，為平凡的人世帶來無盡的想像與奇遇。

八○年代末台灣畫壇的傳奇——余承堯
（攝於中橫 1990）

余承堯　山水四連屏
1971　水墨　299×362 公分

野趣・摯情
1907～1990

沈耀初

沈耀初　全家樂　庚申　1980

群雞

＊沈耀初的繪畫題材，都是田野鄉間隨處可以看到的景色，尤其是一般人不經意的小角落，他所畫的一草一木都是在平凡無奇的景致中，表現出畫家敏銳率真的性情。在家鄉福建詔安時期，地方畫壇的先進已感受到沈耀初內在的潛力與光芒，尤其對他所畫的雞最感興趣，因為那正是在鄉下隨處可見的家禽，透過筆墨鮮活的呈現在鄉人面前，他的雞畫逐漸的傳播遠近，鄉人以「沈雞」來稱呼他的作品。

沈耀初的創作態度是介乎「主觀」與「客觀」之間。他從不畫憑空想像的東西，他說，因為不居在深山大川的環境裡，故不做幻想的山水畫。因此，他筆墨上的抽象表現是來自具體事物的觀察或感受後產生出來的。「全家樂」是沈耀初在一九八〇年，七十四歲時所畫的，極具個人獨特風格，

六〇年代末至八〇年代間，是沈耀初創作的高峰期，「減筆」與「變形」是此時畫作最大的特色，用筆的方法及其所呈現的形象有許多的變化。七十歲以後，講求筆墨的簡練，以減筆來誇張景物的變形與動勢，增添了傳神的效果，由構圖上賓主的呼應，引導出景物的動勢。

其最見長者，乃筆墨工夫，無論濃、淡、乾、溼處處是筆，善用中鋒屈鐵之力，使筆之見神，他的筆法是由籀、篆入手，故有蒼鬱拙凜之氣勢，又有狂草飛白躍舞之趣味，淋漓盡致的筆墨功夫，突顯出畫面景物豐富的生命力與韻律感。

狗知家貧放膽眠

因為戰火，沈耀初離開家鄉福建詔安，隨著中央政府遷台，回不了家的他，在台灣又舉目無親，一向內向拘謹，與人交往清淡不求人，這時貧病交迫，還好同鄉幫忙，才在南部找到教職，勉強解決生活上的困境。一九六六年六十歲從霧峰農校退休後，生活窘困，無處可去，幸賴同鄉的協助，一人隱居在中興新村的香菇農場。此時的他，筆硯為伴，兩袖清風，在寂靜的田園中與大自然合為一體。一天突然開悟世事如夢，這種一無所有的日子，即是逍遙自在的日子，於是大筆一揮，畫下「狗知家貧放膽眠」，這幅畫是他怡然自得的心境寫造。

深山璞玉的發現

沈耀初被發掘的過程是很傳奇的，一九七三年，擔任歷史博物館國家畫廊的顧問姚夢谷到高雄一家裱畫店看畫，發現一幅花鳥畫特別吸引人，那幅畫的筆法十分簡練奇特，有點像吳昌碩，又有些齊白石的筆意，畫中筆墨裡浮現出一種真摯孤寒、耐人尋味的個性。比起當

一九八八年七月沈耀初與余承堯合攝於舉辦賈又福個展的雄獅畫廊

時名重一方的張大千、黃君璧都毫不遜色，仔細再看，畫家的題名「士渡人」，卻很陌生，不知是何方人士，經人引介下，原來是隱居在中興新村山邊一處農場的沈耀初。

初到沈耀初住處，姚夢谷一行人很驚訝，山坳中一間沒有門牌，十分簡陋的瓦頂工寮，家徒四壁，只有一張作畫的大桌子與掛著蚊帳的木板床，連窗戶都沒有！再看到滿頭白髮，身材瘦弱的沈耀初時，眾人心中有些不忍。姚夢谷當下決定，表面上向他借五幅畫到台北供朋友欣賞，實際上，他卻暗地裡自掏腰包將畫作裝裱好，然後送到國家畫廊評鑑，沈耀初的作品就這樣進入國家級的藝術殿堂。

沈耀初　狗知家貧放膽眠
辛酉（1981）　70x68 公分

雲濤・雙絕
1910〜

傅狷夫

傅狷夫　蘇花海濱一瞥　彩墨　120×60公分

蘇花海濱一瞥

＊一九四九年（民國三十八年），隨著服務單位，傅狷夫夫婦帶著三個孩子，由上海坐「海張輪」來台灣時，讚嘆於大海浪起如山的壯觀景色，心中開始醞釀著這種偉大的畫面，為了進一步在畫面上表現出海浪的質感，傅狷夫定居台北後，常常和妻子結伴到宜蘭大里一帶，去觀察太平洋邊洶湧的波瀾，研究海浪遇到岩石時怎樣迴轉、受到阻礙時如何激揚。

古人畫水或用留白、或用線條勾勒或填色等方法，似乎無法充分表現大海巨浪，因此他「海濱枯坐、默察心記、洞識變化之由」，以我法為法，力求表現，他便從古法之法，或以西法為法，再融以渲染法、染色法，並研發出點漬法。

「所謂漬，就是顏色要吃進紙裡，不是浮在表面。畫水的訣竅只有多看，去體會水的流動，光在紙上磨蹭是不夠的」傅狷夫不止一次的提醒學生。他創造「點漬法」，不以線條勾勒，而是以渲染為主，從「蘇花海濱一瞥」中，就可以感受用墨或色襯托出海水白色的反光，

藉由墨與筆意的虛實錯置，將波濤的動感與雄闊表達得格外生動靈活。

李霖燦教授曾撰文指出，「古往今來，以寫山聞名的畫家，不知多少高手存在，但是以畫水名世而又有真蹟傳世的寥寥無幾。就記憶所及又似乎只有南宋馬遠，他有畫水十二景照耀畫壇，沒有人可以比擬並肩。這種情況一直到狷夫發明『點漬法』的畫水要竅，才有劃時代的改觀。」

畫山創「裂罅皴」

傅狷夫曾說：「台灣的山，大都竹樹稠密，少見石面。」是因為到了台灣之後，當他觀察阿里山與橫貫公路，發現台灣大理石與山崖造型、紋理如裂罅之狀，擁有北宗之剛健性格，與南宗陰柔之秀麗，從而體驗出先點後皴法，創始「裂罅皴」。罅即是陶器，裂罅皴是展現陶器摔裂的樣子。他說：「此皴是由馬牙皴、斧劈皴變化而成，中央山脈與橫貫公路之大理石紋理，質堅形玄，有若萬片瓦罅之裂紋。」

創發了台灣山水的恢宏意境

傅狷夫重寫生、重思考、重層次和透視的創作意念，異於多數水墨畫家。他不偏古廢今，在固守傳統之餘，挹注豐沛創作活力於現實環境之中。從三峽險灘、大里浪濤到祝山雲海，透過觀察，他體悟山水的精神在於氣韻，氣韻源於生動，生動存於真實。他的「點漬」與「裂罅」等皴法，貼切地詮釋台灣風景的獨特樣貌；又以氣勢磅礴的巨幅橫卷，畫盡雲濤動勢的各樣情態，從而創發了台灣山水的恢弘意境，也為中國畫史立下劃時代的里程碑。

傅狷夫　東西橫貫公路寫生　水墨
49x30 公分

一九五九年四月，書畫名家與詩壇友人齊聚悅賓樓，為書法家于右任（前排右三）祝壽留影。前排葉公超（左一）、黃君璧（左三）、張大千（左四）、傅狷夫（後左四）。

江兆申　八通關　1994　146x75　公分

八通關

＊一九九一年至一九九六年間，這一時期江兆申退休，隱居埔里，把住家命名為「揭涉園」，意喻已可隨遇而安，任性自然。辭去公職後，才有閒暇遊山涉水，但還是以揭涉園附近的水色山景為主，而旅遊歸來的收穫，篋笥腹稿一一化為紙上丘壑，如阿里山、東埔、八通關、風櫃斗等，台灣中部重要美景盡收掌中。

此幅「八通關」即為江兆申此一時期旅遊寫生之創作。江兆申從自我摸索到故宮二十七年傳統「畫院」浸染、濡沐，直到退休後這段時期的創作量增多，無論筆墨、構圖、造境，均達圓熟的高峰。旅遊山水成為主要表現題材，形式以直幅為主，構圖趨於簡單，且多有新意，畫面大量留白，結構塊面化。山形的輪廓線被刻意淡化，與石紋皴染渾而為一，故畫中大塊面增加，且有平面化的傾向，回復簡單的二次元空間。顏色上，大量使用常冷灰的淡墨，且皴擦筆劃密度增強，使畫面受墨部分及刻意被平面化的塊面，奇妙地與留白的空間（或空氣）產生極為舒適的諧和感。畫中屬於江兆申特有的「清曠秀雅」的氛圍，達到了「筆簡」與「墨澹」的畫藝高峰，更成就了獨特的自家面貌。

綜觀江兆申的山水，水墨渲染，墨色層次變化多，濃墨破淡墨，或淡墨托濃墨，係黃賓虹山水畫手法，而使用狼毫鉤線，中鋒勁挺，及淡淡的青花、赭石輕抹，更是溥心畬的設色法規。

江兆申成功地將「黃」與「溥」的筆墨化為一體，形成自己風格，並從古畫中學習，向大自然汲取寫景造境的資糧，陶鑄融匯，終成水墨大家。

古韻與新調

不論是大畫鉅製、冊頁小品，江兆申的作品流露出飽滿的文人氣息。或萬木連林，或秋江曉黛，或寒山孤亭，畫面彷彿有清風拂面，澗水潝潝出塵之感。即便是對景寫生，其畫依舊充滿「古意」與「古韻」。

創作上，他重視「自性」與「獨立精神」，筆墨上，則要求「簡」與「澹」。

他強調書畫的脉習相通，指出「脉習相通」是說書與畫的「內在」聯繫，而非外在形式的相似相近，書法的用筆和間架及繪畫的筆墨和章法，都屬於外在形式，但丰神與氣韻則是內在性靈的感發。

江兆申指出「顏色是一遍一遍的上」。

「畫不是一次畫完的……太急，層次就沒有了。」

「我現在只注意兩件事，就是什麼地方要黑，什麼地方要白。」觀察大自然，師法古人而不泥於古法，再加上天性穎慧，努力勤學，使江兆申在筆墨古韻中，自成山水新調。

詩、書、畫、印四絕

一生只受過兩年正式小學教育的江兆申，十歲為人刻印抄書貼補家用。他自修詩文與繪畫，遍讀經史子集。二十五歲來台，四十歲首次個展即獲譽薦入故宮，並以故宮副院長退休。江兆申除廣涉藝術史研究與鑑定外，其詩文、書法、繪畫、篆刻，亦皆憑毅力與耐力，自修苦學而成，是一四絕兼長的全才型文人藝術家。

雖然個性謙沖簡澹如印文上的「略無丘壑」、「無用之用」、「老大意轉拙」，但觀其畫業事功卻絕對是「墨池飛出北溟魚」般的卓越超群。

江兆申　花蓮紀遊冊十二開（十二之十一）1968　24.8x33.7 公分

老大意轉拙　1979

邊款：「此刻自鳴得意。江兆申己未歲除。」年歲漸長，凡事看淡，看起來不很精明。

空間・造境
1921～
陳其寬

陳其寬　万壺　1983　水墨　179x60公分

方壺

陳其寬畫水墨畫，完全是一時興起，自我琢磨、玩賞，沒有進過學院學畫，更沒有臨摹過傳統國畫。在他的作品中，幾乎看不到傳統皴法，其創作奧秘來自不斷地勇敢實驗，用今人的眼界，抉出時代的情感。

繪畫時他用中國的宣紙、筆、墨，配上英國牛頓牌水彩顏料，加上排水性的蠟，層層疊染出滿版不留白的畫面，表現中國人的浪漫深意。這是一個中國人，深受包浩斯美學精神濡染，不斷開發實驗，用新技法、新媒材，表現新內容與新美感的現代中國畫。他個人獨特的繪畫技法，開啓中國繪畫的新面貌。

無論是橫式的手卷或是縱向的立軸，陳其寬喜愛用長而狹的畫幅，這樣可以讓他在視點的移動、轉動，與連續動作之時間、空間的表現上更有發揮的餘地。「方壺」好像是陳其寬在太空梭上看地球，天空雲海蒼茫。一向在作品中那多角度旋轉又超高空俯視的山水，在這裡變形成為裝飾性橢圓，穩定地懸在日月之中，呈現一個蹈虛凌空的神仙世界。

陳其寬慣用在紙背塗蠟或礬水，在層層渲染色彩時，塗蠟或礬水的部分因為排水性而形成白色，又因渲染上色的次數不同，形成深淺不一的色調變化。正如「方壺」上方的淡橘色調與下方的藍紫色調，在與預備好的白色群裡交互效用，呈現豐富的視覺效果。

他創造了奇幻變化的新山水，有如晚明以來庭園中的幻覺設計，形成世外桃源的新奇景致。他的山水與捕捉大自然神奇風景的旅遊迥異，總是流露著他心

靈景深的曲折尋幽，和向仙山攀登的生命姿態。他似乎在自己的內心建立永久的庇護所。藉著藝術，他狂野的想像，得到淋漓盡致的發揮。

東海大學之路思義教堂

陳其寬北平人，畢業於中央大學建築系，獲美國伊利諾大學建築碩士學位之後，一九五一年，就被包浩斯建築學校創辦人葛羅培斯所網羅，在他所主持的麻省康橋聯合建築師事務所擔任設計師。

一九五四年，慧眼識英雄的貝聿銘，找到陳其寬合作設計東海大學及路思義教堂，這是貝氏一生最睿智的抉擇，更因而開啓了他邁向世界重要建築師的行列，締造自己的建築王國。一九六○年陳其寬返台定居，擔任東海大學建築系主任，他開設的「基本設計」課程，就是台灣首度引進包浩斯教育的第一人。

東海大學的路思義教堂，是陳其寬把中國繪畫的詩情畫意與陰陽虛實的哲

陳其寬（右二）與葛羅培斯聯合建築師事務所同仁合影，第二排右三為葛羅培斯。（攝於1953年）

理，融入包浩斯的精神，使它在結構上、空間上與優美的造型融合無間。路思義教堂造型簡潔，色彩正典，結構精確，氣勢雍容，感覺靈巧，是理性與感性的交揉，東方與西方的遇合，人與神的冥合。這座跨度一百英尺，高六十五英尺（30.48x19.8公尺），細緻優雅的雙曲面薄殼神殿，無樑無柱，在多地震的台灣，已屹立不移四十年，它締造了不僅是台灣建築史、也是世界建築史上一頁不滅的傳奇。

現代水墨與建築的創新者

陳其寬的建築與繪畫，正是一體兩面，相輔相成。當他的巧思運用在建築上便成為優美又簡潔、婉約又輕盈的路思義教堂，當革新的精神發揮在繪畫上，便成為不用皴法，自用我法的新技法、新美感的中國畫。半世紀以來，陳其寬已為二十世紀中國繪畫開拓了全新的境界，為水墨現代化留下變革的軌跡，他的繪畫與他所設計的路思義教堂一樣，都是一個發明，充滿靈性。回顧陳其寬一生的作品，見證了他不僅僅是傑出的建築家，也是百分百的畫家。

路思義教堂（攝影／陳其寬／1963）

林玉山　愛雀吟　1973　紙・水墨淡彩　98×65 公分

愛雀吟

＊「平生最愛雀，黃雀如摯友，營巢屋簷下，朝朝常聚首，秋深噪霜庭，春來跳新柳，相看兩不厭，閑來忘坐久，忽有不測禍，暴風連天雨，低處成澤國，樹倒崩泥土，燕雀失棲巢，到處亂飛舞，可憐一小雀，濕透黃毛羽，死抓枯木枝，漂流身無主，啾啾悲切聲，逐流叫辛苦，動我憐恤心，攜之入屋宇，顫抖無少停，好似餘殘喘，飢寒雨交加，臨危幸避免，一夜留宿書齋裡，餵以黃粱與白米，翌日風歇雨亦晴，小雀毛乾元氣生，待我開門一檢視，忽然鼓羽飛上鳴，翱翔旋轉幾回首，聲聲好似向我告辭行。」林玉山以題畫詩敘述其愛雀的心情，並描寫小雀如何於簷下築巢，如何遭逢風雨，不禁摧殘而悲鳴；他又如何心生憐憫，餵飼小雀，使牠能在天晴後振翅高飛。在這首詩中，除了依詞句句記述可捕捉到畫家描繪的情景外，更具體地呈現出詩畫在作品形式上的融合，而達到詩畫相通的藝術理念以及畫家慈悲為懷的心性。

林玉山認為作畫必須立腳於自然，也就是要與畫家眼中所看，心裡所反映，以及與生活有必然的關係。這是強調藝術品來自於日常經驗中的事物，藝術與自然是密切結合的。基於如此的理念，林玉山在創作之前，先以直接寫生的方式，實地描寫對象的形貌、生態、神情等，等到創作階段時，則採取間接寫生的方式，也就是透過視覺經驗的累積，作記憶法、想像法的重新組合與構成，而表現出理想化的意境。林玉山在自然寫生為創作根源的理念影響之下，對於自然抱著關懷的態度，透過深刻的觀察，即使描畫一個細微的事物，也能深

入地探索它背後所蘊藏的整體生命，因此宇宙萬物都是絕佳的題材。

追求自然寫生為本

翻開老畫家一本本速寫簿，一頁頁生動靈活的素描，似乎要從紙面上幻化而出，變成各式各樣的花鳥走獸。對林玉山而言，無論是膠彩畫或水墨畫，也不管是哪一種題材，下筆寫生的同時，已抓住了對象的精神。而畫家溫文安適的性格，除了真實描繪物體形狀之外，更使筆下的生物多了一份親之情。追求自然，寫生為本──這就是老畫家林玉山的信念。

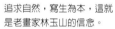
追求自然，寫生為本，這就是老畫家林玉山的信念。

傳統字畫、膠彩畫、水墨畫三部曲

出生於人文薈萃的嘉義，又在畫家交流頻繁的裱畫店中成長，接觸到林覺、莊敬夫、林朝英等人的水墨畫，因此建立深厚的中國繪畫及詩文造詣，以至於早年以膠彩畫成名的他，在光復後與大陸水墨名家交流畫藝，能以水墨畫發展出寬廣、多樣化的繪畫表現方式。

面對各種藝術潮流的衝擊，當代藝術家們的創作更加多元和自由。站在傳統和現代的交匯點上，如何傳承傳統繪畫的內涵與特質，來發展現代中國繪畫，就成為現階段藝術家極待深思、開拓的課題。在這種情勢之下，林玉山仍抱持著如稚子般的熱忱，雖屆高齡，仍經常到戶外寫生，尋求新繪畫的題材，隨時關心著藝術的資訊，並經常參觀畫展，瞭解年輕畫家的表現，也給予適時的鼓勵。

林玉山　速寫兔子于動物園　1956

陳進　釋迦行誼圖之三　釋尊幼年時　1956-1967　絹　膠彩　87×97公分

釋尊幼年時

✲ 陳進的佛像畫不同於一般常見的宗教畫像，她筆下的佛像，線條簡潔流暢，用色典雅莊重，無形中蘊含著一股莊嚴的神聖力量。最重要代表性的佛畫，是完成於一九六七年十幅一系列的「釋迦行誼圖」。作品之一「釋尊幼年時」，陳進別開生面地加進了個人最熟悉，也最喜愛的中國式螺鈿鑲嵌座椅、圖案，及盛開的蘭花，在莊嚴的神聖氣氛裡，添加人間的情味，讓普渡眾生的佛陀畫像倍增親切。

其他九幅，分別是「釋迦出生時」、「周行七步」、「釋尊少年時」、「悉達多太子離城時」、「太子修習苦行」、「最初說法」、「佛陀授沙彌十戒」、「佛陀教化農夫」、「佛陀入大涅槃」。陳進認為，畫佛像畫是她這一生絕對必須付與感激的重大機緣。也許是因為畫佛像的關係，讓她神奇地恢復了健康，並在虔心畫佛時，讓心境逐漸澄明，能夠以更心平氣和的態度，透視生命中的種種際遇，因而也更能坦然接受由絢爛歸於平淡的人生。

陳進這一系列「釋迦行誼圖」，並沒有遵照一般佛傳圖的傳統繪製習慣，也沒有受到經典佛像的種種限制。陳進以纖巧的筆法，傳達出女性特有的慈悲與詩意。

悠閒

從小生長於富裕而書香氣息濃厚的家庭，且受過良好的教育，使陳進自然流露出大家閨秀的氣質。她繪畫的特色，便是透過閨秀含蓄之眼來描繪她所生長的環境，而進一步對生活周遭做忠實的記錄！這幅「悠閒」便是描述三〇年代台灣上層社會講究人家的閨房情形，也可說是陳進本身閨秀角色的生活寫照。她對傳統家具的特殊喜好表現在雕工精緻的黑檀木床，以及對飾物如手鐲、戒指、瑪瑙寶石等特有光澤的細心經營，以求立體感的突出。同時從人物的髮式、服裝紋樣到神情韻致，色彩上的淡雅搭配線條的潔淨，取得整幅畫面的諧和，也散發出一種高貴典雅的氛圍。而畫中閨女手中拿本「詩韻全璧」，更顯示出她書香門第的良好背景。

台灣第一位閨秀畫家

在日本人統治的動盪年代裡，十九歲的女孩陳進，隻身來到日本學畫，從此，走向繪畫這段無休止的旅程。而從年輕時代的奮鬥創作，到晚年清心、圓滿的心境，陳進認為這完全是由於她對藝術的興趣，全心追求而雜念無多，即使年紀漸大，也仍創作不輟，且樂此不彼。

身為一名女性，陳進既是傳統的，也是現代的；她忠實扮演著女兒、妻子與母親的角色，更跑在新時代的前端，追趕藝術的先知，不曾停歇。身為畫家，陳進的畫是既細膩，又富有時代美的，她的作品與生活合一，扣緊她生命過程中的每一道環節；也在社會往前奔湧的脈動中，忠實地記錄時代的變遷。陳進的生命與繪畫，就像她所喜愛的蘭花一樣，高雅潔淨，不爭奇不鬥豔，兀自挺立一旁，自開自落，散發淡雅而持久的芬芳。繁花落盡，才驚覺她堅毅的勇氣和美麗。

1993年12月《閨秀・時代・陳進》出版後，陳進在台北家中高興地與書合照。

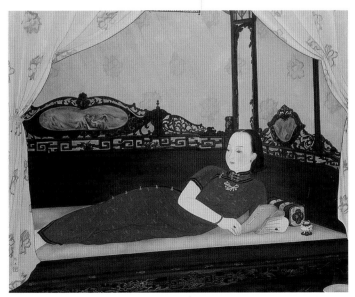

陳進　悠閒　1935　絹・膠彩　161×136公分　（台北市立美術館 提供）

郭雪湖　萊園春色　1939　紙・膠彩　233×149 公分

萊園春色

＊這幅畫取景自霧峰林家花園，畫面下方的草原地坪自下往上傾斜四十五度，順著此坡度、踏上大小方圓的石塊路，便來到眼前台灣富紳的深宅大院。縱然其入門處深鎖、不見屋主應門，但是矗立在藍天下的這座磚造大門卻一點也不駭人，頂著向上高高翹起的屋簷，自左右伸出圍牆，有如熱情張臂迎人的姿態，而門前的黃花綠葉直挺挺恭敬站立著，門後則有繁茂林立的枝幹花葉，從兩旁低矮的圍牆高高探出頭來，彷彿等不及主人的腳步聲響起，已急忙張望來客的模樣。透過刻意植入的梅花樹所展現的枝幹歡舞搖曳之姿，不僅為畫面增加動感，並刻劃出作者當初貿然前往寫生，卻深受林家善意接待的熱忱，同時並以梅花一物暗喻主人德高望重的行誼。

郭雪湖曾說：「……一幅理想的畫必須具有四性：一、個性；二、創造性；三、地方性；四、民族性。如一味因襲守舊，不能創造，不能發揮特性，其不能進步當是意中事了。同時現在社會對於領略美術的程度不齊，因此也影響畫家不敢創造意境太高的圖畫。……今後改進之道在於培植美術人才，喚起社會對美術的興趣，建立美術館，使畫家們多有展覽觀摩的機會。」

大地之美的彩妝者

郭雪湖以「搜盡奇峰打草稿」的精神，借景抒情，畫其胸中之獨得。他的「獨」得，是經由豐富的生活閱歷、學識和藝術涵養所焠鍊而成的。戰前、早年的他，以濃豔的膠彩細密畫，表達獨特的鄉土風情，並以此在官辦美展中大放異彩。晚近，旅居日、美，創作出與戰前畫風截然不同，特具恬靜、安詳與裝飾美的各地景致。

旅居國外多年的郭雪湖一九八七年終於回鄉開畫展，他說：「離開故鄉，一轉眼竟然二十。初抵國門，驚於周遭的改變，好像走入一個陌生的國家；但是，我的心情是如此興奮，海外飄泊，心繫故園，大稻埕的城隍廟時在夢中，圓山風景是否依舊呢？老友的頭髮大概和我一樣白吧！」「我的繪畫生涯，幾乎都從痛苦的失敗中得到經驗，以及從不斷的摸索中悟道。多少次，我畫不成，以至於毀色料、撕畫紙。太太和六個子女也為我掙扎，蒙受莫大的壓力。但是藝術是莊嚴的事業，人老，畫要新，八十歲的我，依然懷抱著六十年前畫『圓山附近』的心情。」

台展三少年

一九二六年，入選台展第一屆東洋畫部時，林玉山與陳進十九歲，郭雪湖十八歲，「台展三少年」的名聲，從此伴隨著三位畫家，成為他們一生畫藝成就的代名詞。有著如此相同的經歷，三人一起走過了台灣美術史轉折中的起起落落。一九九五年，他們三人應東之畫廊邀請參加「台展三少年畫展」，留下了珍貴的歷史鏡頭。這年郭雪湖已是八八高齡，而林玉山、陳進也是八九耄耋之年了。

一九五五年第二次「台展三少年畫展」，左起林玉山、陳進、郭雪湖於東之畫廊合影。

郭雪湖　圓山附近　1928
絹‧膠彩　91×182公分

膠彩・雅韻
1917～
林之助

林之助　福厝　1936　紙本著色　117×80 公分

福厝

＊林之助的出生地「福厝」，位於台中縣大雅鄉上楓村，是一棟兼具中西建築樣式的特殊宅第。

「福厝」據聞是一位住在大雅的地主，花錢請匠師蓋的一棟房舍，未料費用昂貴，當建物蓋到一半時，地主手邊所剩錢財不多。一天，正為此事煩惱的地主來到豐原街上，見到一位算命師，乃上前求卜問卦。結果算命師說了一句：「厝若建好，福就到。」地主聽罷，心中大悅，當下決定籌措費用，把房子蓋好。

果然，在地主的奔走下，費用齊全了，匠人也如期完工了，但是地主卻也因此背負一大筆債務，無法獨自償清。在此危急之際，幸遇林之助的父親林全福買下這幢新厝，才令地主得以脫困，這時地主才頓時明瞭先前算命師所說的：「厝若建好，福就到」，原來語句中的「福就到」不是指他自己得到「福」，而是暗喻新屋主林全「福」的到來！

一九三六年林之助筆下的「福厝」，取材自「福厝」正廳的步口。步口一處的廊柱，上色青綠，邊緣處飾以西洋式文樣線腳；員光改為花罩，有西洋式花草，又有中國傳統雲文卷或荷葉造型；而一般的關刀拱，也改為象鼻，上方的八角斗作為圓型，垂花吊飾則加以省略；再抬頭一望，可見捲棚左側的空間，為西式天花板。整體而言，「福厝」的空間結構為閩南樣式，但卻又處處可見西方建築特色的融入。如此折衷手法，或可傳達近代台灣對於融合中西特色事物的偏愛，視其為時代的「流行」。

這棟獨樹一格，既傳統又摩登的建物，似乎隱隱點出生活於此屋簷下的林之助與生俱來的敏銳時代感，以及積極求取新知的態度。而施於屋體本身華麗而不艷俗的色彩，以及畫風雅正的彩繪圖飾，亦極有可能助益林之助自幼對於色彩感的涵養。

鍾愛詳和的花鳥題材

林之助的個性溫和謙虛，中晚年後鍾愛花鳥題材的繪畫，他曾說：「花鳥天真爛漫的表情與風雅的自然姿態，令我們多多感受到東方的情趣，鼓舞我們的夢想與創作慾望。特別令我深刻感受到的是，花鳥的存在並非是為了要給誰看，但是它們卻將自己的個性與特徵發揮至極限，花兒盡情開放出美麗的花朵，鳥兒用它那美妙優越的聲音不停地唱著。這正如同藝術家的純粹創作態度。透過花鳥的優越個性表現，令我進而學習到偉大的藝術性。」

捍衛台灣膠彩畫的英雄

林之助出身台中大雅地主家庭，十二歲便前往日本念小學、中學，再入位於東京武藏野的帝國美術學校學習日本畫，五年畢業後，繼入兒玉希望（1898-1971）門下學習。四〇年入選日本「紀元二千六百年奉祝展」，返台後在「府展」中數次連獲大獎，繼「台展三少年」之後，成為台灣最傑出的膠彩畫家。戰後長期領導中部畫壇推行美育，致力於培育膠彩畫人才。在七〇年代的國畫論爭之中，提出「膠彩畫」新名稱，並成立「台灣省膠彩畫協會」，致力推動省展「膠彩畫部的發展」。

在一罐罐裝有各式色彩顏料的畫罐顏料下，林之助快意地手執畫筆，在畫布上揮灑繽紛的色彩。

林之助　草莓　1985　紙本膠彩　33×45.5 公分

陳慧坤

陳慧坤　烏來瀑布　1977　膠彩・紙　183x89公分

烏來瀑布

＊一九七七年陳慧坤畫「烏來瀑布」，畫面上以國畫的佈局構圖，但在處理手法及效果上已完全脫離傳統國畫的格局。由林間深處奔騰而下的瀑布，疏密緩急奔流的面貌在微妙的造型及調子變化下顯得栩栩如生，加上兩側深暗的岩石以及鮮綠的草木陪襯，似乎可以讓人真實地感受到它的潔淨清涼。畫幅高處鬱鬱蒼蒼的樹林，在漸遠漸淡的色彩處理之下，也顯出濃郁蓬勃的生機。

在陳慧坤的創作生涯中，針對相同主題，作反覆研究作畫的情形從未中斷過。在他難以計數的作品當中，經常可以看到有著相同畫題，給予觀者的感覺卻變化萬千的作品，例如「淡水風景」、「翠峰」、「九份風景」、「野柳風景」、「十分瀑布」⋯⋯。這種企圖在同樣景物上發現新生命的精神，實際上與他所鍾愛的印象派已經心靈相通。

從一九五一年的「能高瀑布」、一九六八年的「十分瀑布(一)」、一九七六年「十分瀑布(二)」、一九七七年「十分瀑布(三)」、一九七七年的「烏來瀑布」，此一系列，藉著瀑布主題，嘗試在空間構圖、色彩、光線的掌握或筆法上尋求改變。他的瀑布系列，早期雖刻意採國畫掛軸的形式構圖，並努力將寫生的實景以傳統國畫恬靜空靈的格式去表現，但在二十餘年的時間過程中，陳慧坤已明顯地擺脫傳統國畫的形式束縛，並體會到如何掌握屬於台灣氣候特殊光影照耀下的奔騰流水，畫中一草一木、寸光寸影，都有著自己專屬的時空。

莊嚴的內在結構

陳慧坤特別重視畫面結構的縝密度以及層次的豐富性，因此他在每一件作品上都必定力求空間構圖、光影色彩和筆觸的嚴密配置。雖然鍾愛印象派光影色彩，但他並不以此為滿足，而是「我要掌握風景在精神方面的相貌，而不是它的浮光掠影。」大量簡短有力，色彩鮮明，水平交錯的筆法交織成的水面，此時宛如陸面上堅實的景物，也有了質感與重量。這種重視內在結構的藝術取向，使陳慧坤的作品，無一不具有莊嚴的構成。正如繪畫上的認真，他能把一本法文版的《塞尚》查滿生字；一本國語字典日日不離身。重視人生，認真努力，孜孜不倦的他，已完成其內在生命最精練的結構。

自然至美的追尋者

陳慧坤早年留日，壯年赴歐寫生進修，他是少數台灣畫家中，兼擅油畫、膠彩及水墨，又對東西洋美術思潮有深入理解的畫家。在一九七三年歐遊寫生作品「白朗第一峰(二)」上自題七律，有「大器晚成久研求，凌雲幾度赴歐洲」之句，顯示他廣求畫境，畢生潛心於自然中追尋。越到晚年，陳慧坤越體認到大自然是一切的根源與歸宿。他追求的不是自然世界的浮光掠影，而是物我相融的永恆境界。他說：「人同物一樣，來自大自然的蘊藏，無窮無盡。無論是畫家、詩人、文學家、音樂家、科學家，只要能潛心在大自然中追尋，一定能得到珍貴的啟示。」

白朗第一峰（二）（局部）

陳慧坤
白朗第一峰（二） 1973 膠彩・紙
94x186 公分

吳梅嶺　庭園一隅　1934　絹本設色　240×115公分（梅嶺美術館典藏）

庭園一隅

﹡吳梅嶺，嘉義朴子人，一九三〇年代曾多次入選台展，「庭園一隅」是一九三四年，朴子信用組合（朴子市農會）請吳梅嶺所繪製的一幅母女圖，吳梅嶺在構思後，一日找到一位女學生蔡冤，請她隔天著長衫旗袍前來，翌日蔡冤依約而來，吳梅嶺又找了一位小男孩蔡陽輝，與她搭檔成為模特兒。

在一旁速寫的吳梅嶺，將速寫的草圖整理成正式畫稿之後，再將它繪製成圖，掛在朴子農會（信用組合）裡。之後吳梅嶺又將整個構圖重新調整，再畫一張，取名「庭園一隅」，央請裱畫店代為送去參加第八回台展。不料，運送的店居然沒有送去，「庭園一隅」也就失去參展入選的機會，裱畫店老板為了此件烏龍事件，曾到吳家陪罪好幾次。

畫中母女悠遊在花叢之中，停在鳳凰樹枝的麻雀輕叫相呼，家庭美好溫馨的情境充滿其中，母親手拈茉莉花，就有如釋迦如來拈花微笑，一種神秘幽雅的情境，充塞其中，造形好像從觀音菩薩的神態得到靈感，身材隱約的「S」形，雍容華貴，與女兒活潑的動作相呼應，一切恰到好處。

一手栽植的美麗校園

戰後，吳梅嶺擔任嘉義東石中學的美術教師。一向以校為家的他，將校園當成自己家園一般，投以特殊的感情來經營。他每天巡遍校園、澆花除草、移花接木，為學校種遍大小樹木，品種不下數百種，裡頭摻雜著各種花卉，美不勝收。

他非常了解花草代代自然繁殖、生生不息的道理，花園中許多小花，他會任由它們盛開凋謝，因為花的種籽會自然地落在土裡，到了第二年發芽期，只要土中水份一充足，自己就會長起來了。吳梅嶺深知其中的奧妙，所以在教學、繪畫方面，這種極為草根性的自然，都會無形中流露出來。

播種美育的百齡園丁

吳梅嶺長期從事教職，以藝術教育推廣為終生職志。成立已久的「梅嶺美術會」全體會員，由受教於吳梅嶺的東石中學校友所組成的，而位於嘉義朴子市的「梅嶺美術館」，也是由他的門生所創建的，由此可見他對後輩深遠之影響。

一九九五年六月及八月，國立歷史博物館及嘉義縣立文化中心，分別為他舉辦百歲大長展，是他生平首次大展。開幕那天有記者問他養生之道。他笑答：「只有兩點，一、萬事善解；二、我的一生只有勞動，沒有運動。」

他的生活哲學是那麼簡單，雖然人人皆懂，但卻很少人能持之以恆。

一〇六歲時的吳梅嶺，依然神采奕奕的作畫

吳梅嶺　盛夏草炎　1984
紙本設色　135×68.1 公分
（吳錫煌提供）

陳澄波　慶祝日　1946　畫布　油彩　72.5x60.5 公分

慶祝日

＊此畫以嘉義市警察局為場景，將台灣慶祝光復節時的歡樂情景，描寫得極為細膩。嘉義市民手持青天白日滿地紅國旗；畫面右下角有販賣國旗的攤子，畫中主建築是廣播電台，屋頂上國旗迎風飄揚，民眾高舉雙手歡呼，一片鼓舞的氣氛。陳澄波擅長以棕色與紅磚色為主軸，使畫面的層次分明；人與景的結合相當融洽，展現了一股溫厚的生活景狀。這是台灣光復後一年（1946）所畫的，也是全省美展第一回參展的作品，更是首次將中華民國國旗亮相的畫作。但諷刺的是，他最後卻因二二八事件的緣故，遭到國民政府軍槍斃。

畫面上，陳澄波以垂直的前景大樹、建築與水平的街道，交織成特別的幾何韻律，空間配置，也經過刻意的壓縮，產生戲劇張力。畫裡陽光普照，強調烈日當空的眩目光線與蜿蜒曲折，是圓弧節奏的筆觸，使他的作品層次豐富，充滿動態。

陳澄波的畫作，總是不離家人一同活動的主題，強調家庭和樂溫暖的重要性。他不厭其煩地將自己熟悉的事物及人物，重複安排在每幅畫裡面。所以我們就一再看到直挺挺的電線桿，手牽手或撐傘的路人以及小孩與小動物。

畫會與畫友

雖然陳澄波許多創作是以家鄉「嘉義」為核心題材，但早年負笈東洋，任教上海，養成陳澄波能自由自在地在各處旅遊創作。他常說：「大自然就是我的畫室。」而在大自然中，他所追求的是「畫面所要表達的，便是線條的動態，並

且以擦筆使整個畫面活潑起來。」其目的是「任純真的感受運筆而行。」陳澄波精力充沛，熱心慷慨，除了專業繪畫外，他還積極參與台灣畫會及籌辦展覽。包括「七星畫壇」（1926），「赤陽會」（1927），「赤島社」（1928），「台陽美術協會」（1934），「青辰畫會」（1940）等。他與諸多前輩美術家廖繼春、楊三郎、李石樵、林玉山、顏水龍等時相往返。

蒙塵明珠──陳澄波與二二八

出生嘉義，襁褓喪母，由祖母撫養長大的陳澄波，一生堅持理想，一再突破自身及環境的限制，開創出自己的天空。他不但是日本在台推展西洋繪畫教育以來，第一位以油畫入選帝展的台灣人，也是三〇年代到新大陸發展而有所成就的台灣畫家。

雖然熱衷於畫會組織，卻從未在台灣的美術學校任教。他對後輩的影響，不是畫風的承傳而是精神的感召。嘉義畫家林玉山、張義雄等都在他的鼓勵下，努力不懈的創作。

一九四五年，日本投降，國民政府遷台，熱情的陳澄波參與政治事務，擔任嘉義市自治協會理事，也當選過嘉義市第一屆參議會議員。然而在紛亂的政治環境下，於一九四七年二二八事件中，在未經審判下被槍斃示眾，死時年僅五十三歲。

陳澄波因二二八而死，陳澄波的藝術也因二二八而光照。他的名字曾有很長一段時間，未被提及，但他的作品卻在漫長的等待後，一幅幅展露動人光芒，從一九七九年雄獅美術策劃的「陳澄波遺作展」到「陳澄波紀念展」（1992），「陳澄波百年展」（1994），一直到今天，陳澄波不但不曾死去，他的藝術，與時長存。

陳澄波
自畫像 1930
畫布 油彩 41x31.5 公分

裸體　1969　宣紙・油彩　44.2×54.8 公分

裸女

＊一九六九年郭柏川曾作一系列裸女連作，此幅即是其中之一。連作對畫家而言是一次次的挑戰，同一題材下不同的呈現方式，更是在無限可能中不斷的自我反省與超越。臥榻上有紋飾的襯布，和牆上的窗戶，即是此幅不同於其他的另一次嘗試。郭柏川常說：「畫人物時，兩乳如天，兩手如地，耳鼻均以用紅線，表現出生命力和血氣。兩腿如樹，向下扎根，也要用紅色。」此畫具現出郭柏川藝術的獨特氣質。他所作的人體畫裡，每一件都具有表現性，並運用線條的感情與作用，來營造人體的官能性。在紅線的描繪下，肌膚益顯細緻，早在民國四、五十年代，台灣民風保守，人體模特兒的尋求極不容易，有時就參考日本畫刊的照片來作人體畫。郭柏川除了人體畫之外，風景寫生、靜物花卉……無所不畫。一九五○、六○年代的創作更達到了鼎盛的巔峰。從模特兒、自畫像，進而以全島的風景來寫生，郭柏川風格隱然乍現。畫孔廟尤其得心應手。桌上靜物愈來愈簡約，色彩愈來愈大膽，艷麗、豪放的氛圍充滿畫面之中，早在郭柏川滯留北京時期，即被人譽為「中國的馬諦斯」。

粉彩與青花──郭柏川與梅原龍三郎的原色之旅

　　日本畫家梅原龍三郎（1888~1986）在一九三九年應「滿州國美術展覽會」之邀出任審查員，到北京時由當時任教於北平師範大學及北平藝術專科學校的郭柏川接待。此後梅原每年都到北京來寫生、看京戲，畫北京姑娘，這時期梅原將東方古典建築融進油畫，並且嘗試和紙創作，原先始於興來之筆，但油彩蘸油的透明感別有東方設色水墨的趣味。郭柏川取其靈感，在紙上用油彩渲染出中國青花釉色的質感，成為個人的招牌。同時，受到梅原用色的影響，大量採用紅綠對比的東方色調，並以率真筆法作畫，在和紙與畫布上呈現油畫剛直筆觸的寫意境界。一幅幅作品彷若剛出窯的粉彩與青花，光澤動人。

南台灣的南美會

　　出生於台南，十六歲北赴台北師範就讀，二十六歲赴日求學，三十七歲前往大陸東北、北京，四十九歲回返台南定居。郭柏川，人生的起點與終點，都是台南府城。回台後的郭柏川，活動主力也是故鄉台南。在南台灣的他一直以自己的方式教畫，以自己觀點作畫。任教於台南工學院(今成功大學)十二年，影響深遠。一九五二年為了籌備台南美術研究會，郭柏川登高一呼，獲熱烈響應，一九五三年南台灣最大美術團體「南美會」成立，發起人有沈哲哉、張炳堂、謝國鏞等人，大家公推郭柏川為會長，此後，郭柏川以南美會為大本營，積極培養台南畫壇的生力軍，成為南台灣畫壇巨擘之一。

郭柏川　黃刺梅　1964　宣紙・油彩
31x40 公分

郭柏川　蘋果與花布　1946　宣紙・油彩　37x50 公分

廖繼春　玉山　1973　畫布　油彩　36x43 公分

玉山

＊步入七〇年代的廖繼春已是他人生的暮年，但登峰造極的作品如「淡水」(1975)、「玉山日出」(1973)、「東港」(1975)等卻紛紛湧現。當時台灣社會正遭逢一連串外交挫折，一九七〇年釣魚台事件，一九七一年退出聯合國，一九七二年美國總統尼克森訪大陸……等，社會雖在時潮中動盪，廖繼春卻因信仰的虔誠內心趨向平和，創作也愈和諧。七〇年代以後，他創作出安靜諧和，色彩洗練的風景畫。「玉山」即為此中之一。從這件作品可遠眺玉山積雪，近觀冷杉林，而粉紅色的玉山杜鵑似乎沿著山路忽隱忽現，箭竹林也以青翠綠色吸引住畫家的眼睛，畫家以半抽象手法將玉山不同高度的豐美植被與山色容顏，以自信的筆法調動色料，彷彿是色彩的魔術師，玉山的整體色感就如此簡單地呈現在畫布上。

廖繼春很少盲目畫抽象畫，抽象之中仍保留住一點「形」，就如這張「玉山」，他將萬物景象賦予大膽又適當的色彩能力以及善巧變形的本事，更凸顯出廖繼春的風格特色。

色彩國度一大師

廖繼春七十四年的生涯，從豐原出生，北上台北求學，赴日深造，返台執教台南，戰後定居台北。他的一生不斷深思藝術創作的形色之美。就像臨終前的畫室，架上最後的遺作，就是以粉紅為基調的「東港」，他天生把玩色彩魔術的本領，使他永保創作不老的氣象。

他的作品多以紅、黃、藍、綠等原色，圖繪出傳統建築、瓷器上有的民俗色彩，雖說這樣的的色彩表現多半是受到梅原龍三郎的啟迪，但日積月累的鄉土生活經驗恐怕才是影響他的潛在伏流。從自幼母親所繪的鞋面繡花圖案，到成長環境中隨處可見的台灣民俗文物、廟宇民舍及節日慶典裝飾上的民間色彩，都隱隱地催生出廖繼春滋養於台灣風土的色彩表現。他曾說：「中華民族有強烈的色彩感覺，例如：明朝的瓷器，在白色的底子下，畫下藍色的、紅色的、綠色的圖案，這種強烈的、優雅的色彩感覺是在別的民族藝術中較難發現的。」

新潮與舊浪

離開台南時期後的一九四七年，廖繼春北上定居，任教省立師範學院（今師大）歷三十年。在日據時期叱吒一時的前輩畫家們，此時卻面對五、六〇年代西方思潮的衝擊。美術資訊由於美國進口圖畫雜誌的暢行無阻，完全取代了關稅重重且檢查甚嚴的日文書，導致許多步入中年享有省展審查桂冠的日文族藝術家們資訊中斷；而其創作與新時代潮流漸行漸遠。年輕畫家與前輩畫家遂產生世代鴻溝。

身為師大美術系資深教授的廖繼春，不但鼓勵學生成立畫會辦展覽，促成「五月畫會」的誕生，自己也開始嘗試抽象畫。

個性謙沖，又能以積極態度面對新潮流，使得廖繼春在保守與前衛兩大陣營間，保持穩健步伐，繼續創作，開展出廖氏色彩國度的大師風格而享譽至今。

廖繼春 東港風景 1976 72x91 公分

三峽・寫實
1902～1983
李梅樹

李梅樹　黃昏　1948　油畫　194x130 公分

黃昏

＊從李梅樹一生的作品來看，許多的主題都與人有關係，可以說對「人」富有極大的關懷。

畫作「黃昏」的年代正是台灣剛光復不久。「黃昏」中，六個整身人物安置在如黃昏的天色下。有些背光，又有些被晚霞似的光線勾描出斷續而引人的輪廓。宛如舞台的大地上，籠罩著有著戲劇般的光暈，人物帶著一種認命又不輕易妥協的奇秒感覺。

蹲坐在右下方正低頭專心拾撿著什麼的女性，不難讓人聯想到，自然主義畫家米勒的作品「拾穗」中彎著腰認真工作的婦女。站在畫面最顯著位置，是一位身著白衣黑裙的女性。她以左手扣住看似重量不輕的黃色揹袋，右手自然垂下輕鬆的扶住，雙腳一前一後穩住整個人的重心，體現一種幹練女性的特質，其左後方拿著農具的女人、後方老婦人，還有近距離被包圍在整中間的紅色衣領的少女，似乎都在她的保護之下。雖是在工作結束的黃昏時刻，從她的眼神與姿態裡卻感覺不到倦意。

而唯一背對著畫面右後方的女性，是最具象徵性的一位。以時間推測之，她應該是要解下她的頭巾，卸下一天的辛勞；面對著光源處又似乎有種放下今天，努力明天的啓示。在地平線下，黃光映射在婦人們的裸足上，一方面顯示台灣剛光復不久物質的貧乏，一方面也暗示她們與孕育她們的土地真實的接觸，流露勤勞、勇敢的當代台灣女性氣質。

白布頭巾、白上衣、白圍裙的淺色，以及其他衣著的暗色賓主關係洽當適宜，畫面中最上方的黃昏天空的留白處

理，似乎為這些辛勞的女性們存留一些呼吸的空間。李梅樹僅以些許的紅帶入少女衣領與中央堅實女性的髮飾，來象徵女性的柔情，而盡情地把他理解的台灣女性，在畫作中繪與勤勞、勇敢、認命的生命特質。

女性人像

大約從一九五二至一九六四年間，李梅樹畫出一系列單個女子像。每一張畫都真實的刻畫當代女性面相，從具象的服裝、髮型、肢體動作、背景道具，到抽象的當代女性特質，沒有一幅作品是相同的。畫中人物如何站立坐臥，關係著構圖的不同引起的不同變化和情感。在那之後的一九七○年代，不管是單個或是群體，李梅樹仍延續著對女性的描繪。

「涉水」一圖是八十一歲的李梅樹以三兒媳為模特兒的作品。人物臉部表情有陽光強烈的照射，其衣裙的顏色也在耀動的亮麗筆觸與光的斑斕裡，只與後方的樹叢，即綠水的綠呼應，讓原有的布的材質與顏色失去了焦點。人和大自然的關係也因著光的作用，沒有了區別與遠

女性人像　涉水　1982　油畫　100x72 公分

李梅樹與三峽祖師廟

近的關係。色彩和光成了真正被描繪的「主題」，這正是繚繞在李梅樹晚期作品中的主旋律。

重建三峽祖師廟

李梅樹，台北縣三峽人，台北師範學校畢業之後，進入東京美術學校西洋畫科。一九四七年起，李梅樹因應三峽鎮民的請求，主持重建三峽祖師廟。於是一個西畫家負責帶領起一群民間工匠展開這項工程。為此，李梅樹將自己積存的一大筆金錢，標購下日人原來用以建築神社的巨大圓石柱，集中於廟內做為建材。「我要找全省最好的師父」，於是清末台灣建廟鬼才──陳應彬在李梅樹的邀請下，來到三峽修建廟宇，從廟頂和內部的做工最能看出他建廟的特色。

但這群身手非凡的師父們，卻暗地嘲弄學西畫的李梅樹，哪裡懂得民間藝術？一次當李梅樹對廟前一座石獅子不滿意，要求重雕時，沒人理他。李梅樹便自己動手，兩個月後將一具粗見形態的石獅交到師父面前。這才不打不相識，知道是英雄相見恨晚。

每天，李梅樹會和在此工作白了頭的師傅們聊聊，互相吐露「這一代再不建，手藝就要失傳了」的喟嘆。一九八三年因祖師廟前興建陸橋設計上的偏差，造成景觀的破壞，李梅樹阻止無效，憤怒而生病，最後逝於台大醫院。

魯凱少女（三地門小姐） 1982 油畫 116×91 公分

魯凱少女（三地門小姐）

＊風和日麗的高山上，年度豐年祭正熱烈展開著，盛裝的三地門小姐坐在穀倉下休憩，深邃的大眼含著淺笑，是不是正望著不遠處的情郎呢？背景的兩根柱子與畫正中的人物都垂直於畫面，給人一種尊嚴穩重感。然而在穩重中卻又不失柔媚，因為右下角的黃花，左中的水果及遠景的青山藍天，將原本嚴肅的氣氛軟化了許多。另外，值得注意的是衣飾花樣質感的精心描畫，明白訴說了原住民熱情且富於美感的一面。而誇張畫大了的手和腳，則正說明了他們手之巧腳之勤的特質。顏水龍畫原住民並不著重於寫實，而是用概念式的記錄方式，去呈現他們大大的眼、黑黑的皮膚及厚厚的唇，所以許多原住民畫像相貌都差不多。他所要表現的是原住民的共同傳統：樸實、善良、健康、勤奮。雖然如此，在衣冠服飾上，卻又極盡仔細描繪，令人目不暇給。顏水龍的繪畫風格，不論在技法或色彩上，到一九五〇年後就逐漸確立。用不完全寫實的手法，將對象造型簡化、概念化，不太重視立體感，畫面採光並無特定來源，乍看類似「平塗」的感覺，實際上卻是別出心裁，在畫布上以灰色打底，再刻意安排搭配色層，使灰色在下面隱隱透顯，予人穩重色彩豐富之感。他曾說：「我的作品求簡化、精神性，乍看不吸引人，但可令人愈看愈深刻，較能持久。」

美麗的原鄉——原住民之美

顏水龍由於工作之需，要調查研究收集及推廣工藝的關係，他必須往原住民的地方跑。顏水龍從一九三五年五月第一次到蘭嶼後，就開始畫原住民，並深深被原住民藝術吸引。他最常畫的是蘭嶼雅美族、屏東排灣族和三地門魯凱族。其中因魯凱族服飾花樣非常繁複精緻，在他的原住民畫像中，尤以魯凱族佔多數，顏水龍長年在原住民畫作深耕中感受到原住民文化的無價與可貴，不禁歎息「台灣人不知寶」，痛惜與關愛原住民的文化藝術，溢於言表。

台灣工藝・美化人生

早年留日、留法，接受過正統古典學院訓練顏水龍，不同於其他前輩美術家，對平民百姓生活之美特別關注，認為藝術的可貴在於與生活打成一片，因此他設計台中太陽堂餅店禮盒，也設計竹椅、藤具、瓷具、領帶，製作過圓山劍潭公園的馬賽克景觀等，更協助當時的台北市長高玉樹規劃敦化南北路的林蔭大道。

一九七三年返台後，跑遍全島調查工藝資源的顏水龍，於台南學甲創立「南亞工藝社」指導栽種鹹草，編製草蓆、草袋、草帽等。他曾任職於台灣手工藝推廣中心、南投草屯工藝研究館、國立藝專、台南家專、實踐家專，作育英才無數，為台灣設計界、產業界、工藝教學上，奠立堅實基礎。顏水龍以畫家身分，投身工藝推廣為傳統工藝注入活水，堪稱為台灣工藝之父。

顏水龍喜愛山地生活，與原住民相處融洽。

顏水龍設計的手工藝品

陽光・印象 楊三郎
1907~1995

楊三郎　春　1970　畫布・油彩　198×175 公分（台北市立美術館提供）

春

＊中壯年代開始的楊三郎，逐漸走向簡潔、粗獷又筆觸細緻統整的大畫面開端。特別是大自然界的簡潔符號「山」與「樹」交相織繪的山林原野，成為他急欲探索的「藝術究境」且又咀嚼不盡的「藝術原鄉」深處。

楊三郎喜愛大自然陽光下的物像，在「春」裡面表露無遺。畫中山群的樹林裡，楊三郎不惜地全力一搏，奮戰不懈地徹底開打。座座山峰、山脊、山麓，楊三郎透過自然的時差輪替觀察，一一點出，有陰有暗、有亮有明，更有塊面間揉，稜界起伏，相互交織而成的一幅山面奏鳴曲。再看其下樹木繽紛火紅的色眼，像一位高貴綺麗的貴婦人紅粧，向人展現寬綽磊落的心儀風範！白色所勾勒的樹幹與山頂的白相呼應，樹林較為鮮明的黃與紅以更為柔和的表情延伸到背後的山麓，從畫的正中央分開的綠色的山巒，也與地面上和樹林中的綠色植物配搭；細細端詳這麼大幅的畫作，雖僅以簡單的結構和紅、白、黃、綠、青五種色系，但顏色巧妙且堅實地繪整了大自然中山與樹對話之豐富，又隱隱透露一種不刻意的裝飾味道。這幅198×175公分的畫作，讓楊三郎的熱情與耐力支持著他六十三歲的身體，並讓他紮實深厚的繪畫修養功力全力表達。

也和許多畫家一樣，楊三郎終身追求「如何把自然轉化成一幅畫」。雖然他曾經表示自己的所得極淺極薄，但是在他的畫作仍可看出他在這一課題上所努力的成果。楊三郎給自己的任務是──追求藝術的完美。從顏料的調製、畫框畫布的品質、到一筆一刀都很講究。每每畫罷，放進畫室，花一段時間看，便又能

挑出缺點，然後再改。「我要讓一筆一筆的下去越多，越顯出清靜和諧來。」

擅長描繪海景

楊三郎的畫作中大都是風景寫生的作品，探究其因，除了受到印象派與柯洛自然寫生的影響之外，他天性追求自然的天真、率性也是主因。從實地的寫實中，探索生命和自然的奧妙，與大自然的直接面對中感受人我與天地間的感動。描寫海景更是其所長，尤其是清晨和黃昏時的作品為數頗多。在靜止的畫面上，以海浪波濤洶湧將大海雄壯氣勢表現出來，往往近景處理浪花湧動的動態，而遠景則是海天交會之際的靜謐，在畫面上交融著。上百號的大幅畫作，特別能表現楊三郎與自然海景交流對應的豪邁雄情。

十足親嘗的寫生主義

「寫生就是創作」楊三郎說。他一定要在景觀的現場，抓住臨場的即興的變化。楊三郎畫作的開始都是寫生而來。

楊三郎於嘉義白河寫生　攝於1986年

憑觀自然瞬間的交融，抓住畫意，全力表現；大自然對楊三郎在寫生即時的啟發，可能讓他快速造型，可能讓他選擇用色，筆觸行止間，直接來自他觀察的那個時空的氣氛、溫度。親臨的每一瞬間，「感動」能直接快速地傳遞叫喚，流淌在畫布上的感知及情意因此而更加充沛，每一次的交流都是一次與大自然全新的會面交談。一九八六年畫家將近八十高齡，仍在嘉義白河留下了寫生照，楊三郎強調「任何事我一定十足親嘗。」這是他一貫用來追求自然的奧妙姿態，是楊三郎畫作背後隱藏的耐人風範，同時更是他一生實踐寫生主義的驕傲成就。

楊三郎　東尋坊　1982　畫布・油彩　173×198 公分

高彩・智性 李石樵
1908~1995

李石樵 市場口 1945 油畫 157×146公分

「市場口」

＊李石樵於日本留學時代所練就的深厚素描功力，使他畫起人像來駕輕就熟，這個本領不但成了他當時安定家庭的主要經濟來源，也為他日後的群像畫系列作品打下了深厚的基礎，造就他成為時局群像畫之第一人。

群像構成的基礎，需根植於對個別人物的寫實能力。第二次世界大戰前後，台灣的政局變化對李石樵產生了相當的衝擊。李石樵的人物畫成就，使他自然而然地冷眼旁觀時代轉型中，戳記在台灣人臉上的表情。於是李石樵以巨幅油畫刻劃時代的臉譜，在所有同時代的畫家中，只有他為我們留下那一個政局交替時代的群像偉構。

日本戰敗後，國民政府前來接收台灣。台灣文化的重建工作也在郭雪湖、楊三郎的呼籲下，建議成立「台灣省美術展覽會」，以接續因戰爭而停頓的台展。一九四六年首屆「省展」隆重登場，李石樵提出「市場口」作品參展，引起不小的震撼。

鬧熱滾滾的市仔口，往往呈現了一個社會的縮影。李石樵以台北永樂市場為背景，畫出戰後台灣鮮明的一幕──畫中央走來戴墨鏡的女子，是當時的時髦海派裝扮，置身市井小民之中，成為對比和矚目的焦點；畫面左方的女孩牽著腳踏車，也是當時新現象；路上羸瘦的黑狗、蹲身的小販身上的破舊汗衫、作小生意貼補家用的孩子，都是那個物質貧乏年代的寫照。李石樵憑藉著其人物畫的堅實基礎，經營出了本作複雜的群像構成；同時也是憑靠著他對現世人生的關心，才能成功地營造出戰後台灣那百廢待興卻又生氣勃勃的市場景象。「市場口」的震撼與成功，雖隔半世紀以上的時空，這幅巨作所傳遞的時代氣圍，依然是那麼新鮮、感人。

色情與藝術的論爭

一九三六年第二回台陽美展舉行時，李石樵的參展作品「橫臥裸婦」遭到取締，理由是「躺著的裸婦容易引起色情的聯想，站著的就沒有關係。」掀起一場色情與藝術的爭論，成為台灣第一件人體畫風波。一九七七年，華南銀行所出品的火柴盒上，印有李石樵的「三美圖」和驚人之語「繪畫絕不允許摸不到的作品存在，畫維納斯就必須能抱住她!」因而遭到民眾檢舉，再次掀起人體畫風波。歷經兩次風波的李石樵，雖然心情十分沮喪，卻沒因此中斷人體畫的創作。因為他以為人體是造型的基礎，畫家研究人體就如同醫生解剖人體一樣。透過對人體比例、線條、光影、體積、色調等的掌握，畫家就能磨練自己的造型能力，人體研究愈是透徹，其他題材也就愈能操縱自如。

繪畫絕不允許捉摸不到的作品存在，畫維納斯就必須能抱住她！ 李石樵

華南銀行印製的術火柴盒 1977年

現代繪畫的探索

一九四八年、李石樵四十歲，對一個畫家來說正值創作旺年的開始。李石樵戰前囊括台日兩地所有官展的殊榮，戰後初期再造有如「市場口」巨作的寫實主義巔峰，李石樵無意回頭咀嚼過時的榮光，時代遞變提醒他必須調整身段，重新向現代藝術思潮學習。於是李石樵翻出西洋美術史的演進路程，一個流派接一個流派的揣摩與研究，此時的作品已經完全異於他原先的寫實風格，更接近智性的構成與色彩的機能。

坐在畫室一隅沉思的李石樵　1976。

張萬傳　廚房一角　油畫　53x65 公分

廚房一角

＊張萬傳的不喜巧言令色，是他給人的一大印象。畫家自己也曾自述說到：「我不擅談話，卻酷愛繪畫。繪畫即是我的語言，也是我的思想，感情的化身，沉默雖是我的外貌，但是熱力卻是我的內蘊。我的創作是內省式的自剖，更是一場心靈的表白。」張萬傳將他所有的感受，完全付諸於作品當中，而且有別於其他畫家所偏好的大題材、大場面，張萬傳總是在畫中娓娓道來他的日常生活點滴。

「廚房一角」即是張萬傳描摹生活的眾多畫作之一。大魚、小魚、雞、酒瓶、水壺等皆為畫家生活中熟知之物。其中畫中的魚，經常是張萬傳畫中的要角。和一旁雞隻的比例相較，顯然是一條大魚。一般人的家裡鮮少有這樣大的魚掛在其中，但是出現在張萬傳的家，就不是一件令人驚訝的事情了。因為張萬傳愛魚成痴，連在畫壇也一向為人所道。他不僅愛吃魚，還更愛畫魚。張萬傳說：「魚這項食材雖然平凡無奇，但是每一種魚，甚至是每一條魚，都是長得不一樣，而這正是畫魚的最困難處。高度的觀察力是極為需要的。」

張萬傳的靜物畫看似平淡無奇，但是仔細一看，就會發現畫家所取的靜物畫並非單一個固定視點，而是多視點的應用。魚和雞的仰角、水壺的平視視角、盤中魚的俯角。如此的構圖安排，除可突顯畫面主題、增強印象效果之外，更可達到活潑畫面變化、添加動感之效。多層筆觸的重疊讓雞隻的肌肉顯得逼真，同樣是在處理肉質質感，張萬傳用不全乾的油彩表現較魚身的滑亮光澤。

雞與魚的頭部，雖以大筆觸表現，仍能讓其表情活靈活現的顯明出來。油彩多層次的堆疊，以及畫家對色彩的巧妙配置，和畫布上些微的肌理效果，都讓看似平凡的主圖顯得豐富有味道。

這些平常的事物，映照在張萬傳眼底，都是最真切、最原本的人生面貌，同時也是最能喚起他提起筆作畫的能源所在。

台灣淡水景物上的巴黎倩影

台北淡水人的張萬傳，一九三〇年代曾赴日習畫，深受當時新興畫風「野獸派」與「巴黎派」的影響，因此一生致力於形體的解構與主觀色彩的研究。一九七〇年代，保有西洋建物與充滿異國情趣的廈門、淡水，便成為張萬傳一再模擬巴黎情境的重要對象。特別是戰後頻繁以淡水為題的寫生經歷當中，張萬傳終能拭去昔日套裝在台灣淡水景物上的巴黎倩影，逐步以自己的肉眼貼近觀

張萬傳 淡水風景 1980 水彩 41x31.5 公分

看淡水，真正靜下心來欣賞這塊自己的出生地。

張萬傳為人真摯豪邁、不拘小節，一生只求畫、不求名、不求財，相對於畫壇各主流畫會的積極活躍，一向保有反制度、維護創作自由的在野精神，堪稱為台灣近現代美術史上投身純粹藝術創作的最佳實踐者。

樸實溫厚的教育家

在大同中學任教時，張萬傳作風開朗而輕鬆，既不會拿書照本宣科，也不硬性規定作業，雖然較少觸及創作理論的講述，但是總是會一一走到同學身邊，仔細的為同學示範作畫。他風趣、爽朗的教學風格，無形當中為他在美術課堂中贏得一群愛戴他的學生，其中有不少是他在當時帶領的橄欖球校隊的隊員。

張萬傳不要求隊員爭第一，只希望隊員「Do your best」的態度，更是在無形中培育了隊員們自重、自許、不輕言放棄人生的態度。張萬傳教導學生只求付出、不問收穫的執著精神，與他一生創作的原則有異曲同工之妙。

張萬傳（右二）與橄欖球校隊合影

劉啓祥　太魯閣峽谷　1972　油畫　117x73公分

太魯閣峽谷

＊一九六○年，橫貫公路竣工以來，太魯閣氣勢磅礡的山川景致便開展在世人面前。劉啓祥自一九七二至七四年所完成一系列的太魯閣畫作，是其壯年融合雄渾與雅致雙重氣質畫風的代表作品。「太魯閣峽谷」描寫利壁千仞、兩峰夾峙的山谷奇景。山體峰巒崇高，筆觸勁利飽滿。強健的山勢，透過簡化主體，強烈形式化具象出來。粗獷中直接綻放物象內在生命力的作法，是這個時期劉啓祥一再揣摩的重點。耀目的陽光使畫面明亮對比至為強烈。正中那道爽勁老練的白，是一種大膽創新的表達，而陽光遍臨，是使萬物明麗耀眼起來的意象，也是劉啓祥在日後各類型畫作中，所特意經營的美感。

從六○年代中期到一九七七年劉啓祥不幸染患血栓症之前，他的創作可說是充滿企圖心與爆發力。此幀「太魯閣峽谷」就是血栓症之前創作高峰的作品，然而，一九七七年一場突如其來的血栓症，使得劉啓祥好幾個月都臥病在床，病況穩定之後，右手右腳卻不能像平日一般自由活動，這對一般人而言，已是極大的打擊，對一個依靠靈活雙手作畫的人，更是最大的考驗。雖然曾經一度想用左手作畫，但他積極耐心從事復健，並藉由拉奏小提琴複雜的動作，竟使得右手奇蹟似地，可以重拾畫筆。只是限於體力，行動不便，劉啓祥逐漸走向畫室靜物畫、人物畫；此時，他所思所畫，只是畫面靈動流轉的氣韻。

劉啓祥　劉夫人　1989　油畫　60.5x50 公分

溫暖的光，自由的流動

劉啓祥常到戶外寫生，並以運用自如的暖色系色調，發展極具地方特色的風景畫作。隱居高雄大樹鄉小坪頂時期，他展現了旺盛的創作力，作品大致可以分成三大類型；一是居家附近的田園景致，二是台灣各地的崇山峻嶺，三是以到畫室作客的女訪客為模特兒，所畫成的人物畫。他的作品，物象被極度簡化了，只有柔亮的天光，自由的穿梭在不定形的景物上，物體與物體之間、畫面與作者之間，流動著酣暢的旋律，釋放著生命的真誠與灑脫。

劉啓祥非常喜歡台灣南部的風景，他一生活躍於南台灣。陽光充沛的南方，

劉啓祥在南部美術協會展覽中品評畫作。

使他可以在戶外寫生中，將運用自如的暖色系色調，發展極具地方特色的風景畫作。

南台灣的藝術之光

劉啓祥是台灣早期留日、留法畫家中，接受西方文化涵養最深的一位。早年優裕的家境，平順的求學生活，配合他安寧的個性，使其創作呈現抒情雅致的溫暖風格。他在光復後的高雄積極組織畫會，舉辦展覽，結合畫友，推動美術教育，對南台灣的美術發展，有著不可磨滅的貢獻。

他曾說：「我盼望著落筆無幾，而畫出能夠訴說一切的作品。」觀其藝術，確有大美無言的境界。

劉啓祥於小坪頂家門前作畫

礦工・太陽 洪瑞麟
1912~1996

洪瑞麟　地底的光　1958　32×41 公分

地底的光

※「啊!偉大的無名勇士們,用你們渺小的手、汗和血,開拓地下數千公尺的中生紀層。巧奪了神的秘藏,奉獻給人世。啊!你們是背十字架的一群,是米開朗基羅壁畫的精華,是梅克傑第雕像的本質。朝著無日無夜的真闇世界,與幽寂的大自然搏鬥!你們滿體的傷痕,正是原始人的紋身。勇敢和榮耀的記號。苦力之極限,昇華為神性,苦鬥使你們的英俊變醜陋。粗魯、愚鈍,是痛苦的代辯,酒和賭聊為你們冒險的慰藉。崇高的人類拓荒者!我握著禿筆、凝視了三十多年了,領悟到美與醜一樣的哲理,虔誠的探索你們的奧妙。刻畫在紙上和板上,永遠的頌讚。」

洪瑞麟的詩,表達了他的堅持。

礦工們頭戴鑿礦專用安全帽所發出的光亮,成為畫中強烈的聚光點。深暗中,他們正竭力地工作著。光變為柔和,映照在礦工們結實的肌肉上,與洪瑞麟詩中「原始人的紋身」的傷痕,三者交融一起,展現出頑強的生命肌理。而背對觀者的姿態,似乎描述著礦工們一向沉默的苦幹、不求被世人理解的奮鬥。在兩位礦工的右下腳處,洪瑞麟以較大的筆觸有勁兒的帶出整張圖的律動,豪快的手法,加上礦工們揮舞的動態,好像快讓人聽見坑底鏗鏘有力的鑽鑿聲。以青綠色當作光源與深闇世界的中間色調,讓這雖然是在描畫令人不安的地底,作品中卻呈現出一種意外的祥和感。在32×41公分這樣小尺寸的畫作上,畫家淋漓暢快的讓地底的光完全的亮照出來。

捨棄遠赴法國留學夢,在礦場,二十年畫下的畫與三十多年寫下的詩,如出一轍的作品,洪瑞麟用他的生命堅定地描畫他所深愛的礦工們。

寫生礦工群像

二十七歲的洪瑞麟因著倪蔣懷的介紹,於瑞芳煤礦任職。畫家說:「我從最基本的工人幹起。我和他們工作在一起,歡笑在一起,甚至結婚在一起(我娶了工頭的女兒),當然苦難也在一起。若說是有所區別,就是我用一枝筆,將他們的點點滴滴留了下來。我的畫就是他們的日記,也是我的反省。」洪瑞麟與礦工們一起合照的照片,正如畫家自己所言,看不出他和礦工們的差別。

當有人問起,為什麼總是畫礦工時,洪瑞麟都會回答:「我的畫就是『礦工日記』。」「也許別人會認為是一種狂熱的固執,但對於一個畫家,毋寧是一種真誠的奉獻和敬禮。」

礦工畫家洪瑞麟(左一)。

深情感性的普羅精神

洪瑞麟曾進入當年的「稻江義塾」念書,學校主張用基督的愛來興學,崇尚人道主義。洪瑞麟個性忠厚,很快的從學校的氣氛中感染到宗教情操。吳清海老師在美術觀念上,教授洪瑞麟運用人道思想,並介紹米勒畫作給他,當洪瑞麟在十歲剛剛學畫之時,便決志要像米勒一樣,努力的畫出人性的尊嚴。洪瑞麟在幼年時期,便透露出他關懷世人的心情。

二十六歲的作品「山形市集」、「山形雪地」等,可說是他日後關心人本身的繪畫風格的確定。他曾在一篇文章中寫道:「即使留學日本的幾年,最令我感動的,不是那裡的櫻花、不是清淺的溪流,而是天寒下蕭瑟的勞動者。」

除了礦工歲月的真實描繪之外,洪瑞麟亦曾經前後三次前往蘭嶼,留下雅美族人出航、耕種、家居休閒的生活紀實,畫家更進一步結合了風景與人物的筆彙。雅美人樸實粗獷的本質與地底礦工顯然都讓這位滿是人道主義的前輩藝術家感動不已。

洪瑞麟　礦工群像　1957　紙

浪人・秋歌 1914~ 張義雄

張義雄　靜物　1962　91×72.5 公分

靜物

＊張義雄特別喜愛靜物畫，相較於美麗的風景，靜物更能將自己的個性注入其中，表達出自我獨特的風格。他總是將濃烈的感情注入這些實在的對象物，而不僅止於形與色的探索。「黑線條」時期作品中的金瓜、向日葵、孤燈及牛角，鮮明地表達了他堅毅、不服輸的個性，雖是「靜物」，物象卻充滿著不安定、衝撞的張力。

左圖為「黑線條」時期的代表作。畫中的兩瓶花，其一為圓敦敦的精美瓷花瓶，插著茂盛的紅花綠葉，代表有錢人的花；另一為不起眼的黑酒酐，插著枯萎的花朵，代表窮人的花。張義雄以此對照表現，隱喻貧富差距的社會現實。

在此時期的畫風之中，其最大的特色——「黑線條」就彷彿是張義雄生命中不得志的胎記，一根一根蔓延在他的畫面之上。黑，框住甜美的靜物果實；黑，也隔離了悲苦的現實。張義雄用色大膽、筆觸謹慎又狂野，像壓抑著滿腔激情，卻又小心翼翼地將顏色落在畫布上。

他的黑線條，像壓抑的澎湃情感，全集中在這些濃烈的單色裡，將世俗圈在外頭，將空間壓縮，所有的瓶、花、果實，造型本身或寫實內容已經屬於次要的，他不需要重現果實有多甜美多汁；也無需再現花有多嬌豔。他用自己的感情、自己的眼睛、自己的心，去體會與呈現這些看似平靜的靜物盆花。感性筆觸，對比濃烈的色彩及戲劇性構圖，在每一個物件邊緣加上黑線條，狂亂的激情頓時集中起來，原本像在舞台上激情地亂舞狂搖的舞者，突然之間肅穆了起來，這個時期，他的黑線條就像是樂團的總指揮，指揮一個動作，便讓作品炯炯有神。

精神導師陳澄波

張義雄十一歲那年有一天經過嘉義中央公園噴水池畔，看到一位青年正在那兒寫生，凝神專注畫畫的樣子，令他羨慕極了。這位池畔寫生青年正是畫家陳澄波，那年二十九歲，剛考上人人敬重的東京美術學校。陳澄波那種青年畫家的形象，深深烙印在張義雄的心裡，激起了他要成為畫家的渴望與動力。後來張義雄進入京都同志社中學就讀時的美術老師——中堀愛作，也正好是陳澄波東美時期的同學，在得知張義雄跟陳澄波是同鄉後，從此就對張義雄特別的關愛。似乎是老早前就注定了一般，張義雄的童年與青春期總與陳澄波脫離不了關係。陳澄波作為一個專業畫家，樹立了有如文化英雄般的典範，鼓舞著每一個習畫的台灣青年，張義雄正是其中之一。

浪人與小丑

張義雄曾多次被拒於東京美術學校門

陳澄波的畫家形象，深深烙印在張義雄的心中。

外，但他並沒有因此而灰心喪志。為了實現畫家夢，他帶著心愛的吉他、魔術道具與小動物行走江湖，半世紀都在與貧窮作戰，造就了其精采的浪人傳奇。他在與生活磨難互相依存的同時，也在自己僅有的閒暇裡營造一點點童真與夢。他常自稱他的畫家生涯就如同小丑，扛著畫架四處流浪。實際上，小丑的主題也不斷出現在他的作品裡。小丑為了要能讓觀眾開懷大笑，需要絞盡腦汁表演；同樣的，畫家努力作畫也是為了要使愛畫的人快樂。這正是張義雄孜孜不倦努力創作的目標之一。張義雄十分崇拜喜劇大師卓別林，他希望自己能成為美術界的卓別林，藏住自己悲苦的一生，用他的畫帶給大家快樂。

張義雄　小丑　1993　33×24公分

綠野・樂章 廖德政
1920~

廖德政　清秋　1951　畫布　油彩　91×72.5 公分

清秋

＊廖德政的同鄉（台中豐原）呂赫若曾出過一本小說集《清秋》，因而成為廖德政為此畫命名的靈感來源。一九五一年十月此作出品第六屆省展，獲特選主席獎第一名，在當時是一項畫壇極高榮譽，廖德政憑著東京美校出身的真功夫，初嚐實至名歸的滋味，但這滋味卻讓他百感交集。

二二八事件經過三年多後，熱衷政治活動的父親依然行蹤成謎；三弟廖德雄在事件中參與「台灣忠義服務隊」，事件平靜後遭到通緝逃亡，後來出面自首，幸得林獻堂等有力人士營救保釋。處在一連串政治風暴中，如驚弓之鳥的家人們，在祖母的告誡下，遠離政治是非圈，作個沒有聲音的人；但是廖德政總有想告白的心中難言之悲情。性情溫和的廖德政遭逢巨變，雖極力抑制，但心中波瀾久久未能平息，因而藉由畫作來暗示、隱喻。

那時他才新婚不久，住在今南京東路晶華酒店一帶，當年此地只有一些低矮的平房和日本人墓地。「清秋」選取住家庭院一角構景，庭院的竹籬笆，親手栽植的木瓜，以及新婚之妻從娘家帶來的「帶路雞」及甘蔗，皆成為畫中要角。閩南婚俗中，帶路雞為兩三個月大的公雞、母雞各一隻，台語的「雞」與「家」二字同音，象徵夫婦共同成家立業。而兩根保留根部的甘蔗，則表示有頭有尾之意，為新娘歸寧由娘家帶來的回禮。藉由枝葉縫隙後的青山、白雲與田野，襯出畫面的遠近深距，是一幅用心良苦的佳作。

廖德政心中的遠景是自由天地，以昂首的公雞影射自己，二二八解禁之後他才透露：當初作畫時，心中多麼希望自己有一天能衝出藩籬，自由地走出去。「清秋」之景不是田園派寫實主義，也非自然的寫實主義，畫家擺脫慣常的風景觀，創出心靈與寫生交織的風物詩情。

樂曲的靈魂與畫圖的佈局

廖德政是戰前東京美術學校的最後一位台籍畢業生，一生醉心古典樂與繪畫創作，戰後從事教學工作。一九七〇年遷居天母一棟面對觀音山，有庭院的石砌房屋，從此這裡成為廖德政的住宅兼畫室，開始展開淡泊而充實的音樂、繪畫與教學生活三部曲。但他認為，聽音樂和繪畫是兩件分開的事，「不能一心二用」，要聆聽音樂，就得先暫且放下畫筆；參考音樂性的律動，再注入創作，最後讓畫面產生層次聲韻感。領悟樂曲的靈魂其實和畫圖的佈局有異曲同工之妙。

廖德政收藏古董級典藏版唱片和音響器材，他最迷莫札特，也喜愛貝多芬。

暗藏二二八情結的觀音山

廖德政的風景畫多半以觀音山為描繪對象，他畫觀音山暗藏著二二八情結，也有研究意圖。父親在二二八事件離奇失蹤，最後出現的地方聽說就在八里觀音山一帶。觀音山令他思親情切，胸中積鬱如春蠶吐絲，緩慢而綿密地抒放於畫作。他對塞尚晚年專注研究家鄉的聖維多利亞山十分感佩，感佩之餘，遂師法塞尚的理性空間結構，更還原自然，讓幾何形迂迴小徑伸展在畫面上蜿蜒流動。

廖德政　秋野　1990年　畫布・油彩　60.5×45 公分

王攀元　風中的樹　1996　油畫　38×45 公分

風中的樹

＊誕生在江蘇北部徐家洪大戶人家的王攀元，三歲喪父，十三歲喪母，從小孤僻、失群，沒有同年齡的玩伴。掌握家族經濟大權的叔叔待他不好，有時連傭人也欺負他。此時，老家養的看門狗成為他林間遊蕩時，忠實的好朋友。來台之後，居家附近常有流浪狗徘徊，他不忍驅離，日記裡數次描寫「擺卡」（跛腳）狗之行蹤。

「院子裡沒人整理，地面上長些野草閒花，每當傍晚時常有野狗大搖大擺走進來兜圈子。有的貪玩與同來的一群互相追逐，大聲咆哮；有的口饞，趁人不備到廚房覓食，有的似乎稍有知識，踱步如方塊或靜坐沈思或小睡片刻。有一隻身體較弱，毛色茶黃，足部稍有不便，面部疤痕累累，看來氣質不凡，頗有大將之風。鄰居孩子呼牠為『擺卡』……轉眼又屆寒冬，已有數月不見牠，心頭似覺若有所失，不知是天冷體力不支，無法遠行？或是遭遇不測呢？果真遭人暗算，則牠忠於人類而又死於人類之手，悲矣。」──王攀元日記。

在這幅「風中的樹」中，巨樹的枝椏在大風吹拂之下，幾乎彎折到地面；小狗狂奔到樹下，有如尋一庇護之所，正是他孤兒般心境的寫照。落日的紅、林木的紅、地面上的紅，深淺不一，長短筆觸或連續或阻斷，具象的樹與抽象的風，既糾纏又統合成穩定的畫面。這是王攀元少有的激情表現。

見證時代的文人畫家

失去雙親的王攀元，後來靠著半工半讀，畢業於上海美專，青壯時期都在戰

二○○四年，於畫室中作畫的王攀元。
（攝影／林茂榮）

亂中渡過。一九四九來台以後，僻居宜蘭鄉間，執教於羅東中學。遭逢艱困歲月，而不改繪畫之志，在他筆下透露出人世憂患的感觸，以及故國家園之思。他藉著象徵的手法，簡約的主題，來掙脫俗事的困擾，樹立個人詩情孤絕的風格，晚年作品愈見恬淡，但依然有著迷惘落寞之情。曾於二○○一年，獲得國家文藝獎、二○○三年獲頒文馨獎之殊榮。他代表當時時空之下，某一類中國文人的典型。

逆境中一身傲骨

「我沒有快樂的童年。到目前為止已是九十多歲的老人，仍然沒有一天過得安逸，好像每天都在『怕』字上頭過日子，隨時都會有什麼事降臨似的……。」他剖析自己這樣的個性，也回憶起，上海美專時期，曾有位英國哲學博士的相士，一眼看出他是孤兒，預言他由於人生觀與眾不同，而一生遭人嫉忌，宜好自為之，自求多福……

曾有一次，羅東中學參加全縣美展和壁報比賽，分明兩次都得了第一名，卻不知何故被當權者利用計謀給除名掉了！當時納悶且氣憤的他，只得在日記中發抒：「假如你有才高八斗的智慧，鋒芒畢露的才華，可惜生不逢時，受人妒嫉，此時最好要有忍耐的藝術，以忍去應付一切。此外，如果沒有良師益友在身邊，必須能享受孤獨，不要空虛、痛心，安靜地觀察萬物，開拓胸襟，增廣知識領域吧！」

自認相信天理，不迷信宗教的王攀元，回顧相士所言，真有不幸而言中之感。這一路走來的顛沛不安，已然化入血液身軀之中成為性格的一部分，也正是他繪畫風格形成的因素之一。

王攀元　孤獨者　1942
水墨　59×59 公分

灣生・風土 立石鐵臣
1905~1980

立石鐵臣　台灣畫冊——盛夏露天的水果攤　1962

盛夏露天的水果攤

＊為配合這張畫，立石鐵臣在圖上仔細地寫著：「龍山寺旁的廣場上，有著各式各樣的水果—西瓜、鳳梨、香瓜、蓮霧等等。雖然用日語書寫名稱，但發音稍有不同。『デンブ』其實是叫做『レンブ』的水果。『ガモロキ』其實是『ガンモドキ』。『ユンニヤク』變成『ユンヂヤク』。正在睡覺的小孩屁股露出來，他穿的是前後開襠的内褲。此外還有各式飲料攤，夜晚越發熱鬧。」

立石鐵臣畫的龍山寺旁廣場上的水果攤，顏色紛呈五彩亮麗。圖中藍布衣梳著髻子的婦女，手抓藍布傘正走過放滿水果的攤前。攤上的西瓜、鳳梨、香瓜、蓮霧或盛在簍中或置於籃内，左側還有玻璃櫃子，内裝已切開的西瓜與鳳梨。遠處人聲鼎沸，萬頭鑽動，有人手執紅扇，有人坐於圓凳。條凳上剃光頭的小孩，半俯側著睡得香甜。立石鐵精細的觀察市集的一切，並用豔麗的色彩填滿畫冊。

立石鐵臣經常以萬華這個台北最早開發的地區，作為他速寫觀察的對象。此地信仰中心是龍山寺，廟前活動的老人家是見證歷史的最佳證人。立石鐵臣早年在《民俗台灣》的民俗圖繪中畫過萬華傾頹的「磚屋」，龍山寺的「飛簷」，寺前廣場上的老人家，龍山寺的「日蝕」，萬華街頭占卜的「抽籤仔」等。立石鐵臣不只以「風景」為描繪對象，更開拓「人文」關懷的視野。

台灣畫冊

將台灣視為第二故鄉的立石鐵臣，長期在台灣創作與生活，深入台灣庶民世界，留下許多極為珍貴的版畫與插畫。

《台灣畫冊》的由來是因立石鐵臣的恩人福島繁太郎於一九六〇年去世，為了安慰其夫人與女兒，他畫下對台灣的追憶，將其送給福島氏的遺族。一九八〇年四月立石鐵臣病逝，福島家人將《台灣畫冊》送還以安慰立石壽美夫人及其家人，成為畫史上的一段佳話。畫冊内容除了＜戰時篇＞與＜戰後篇＞，其絕大多數内容來自《民俗台灣》時期的調查與記錄。畫冊中同樣採取圖文並重的形式。

吾愛台灣，吾愛台灣，吾愛台灣

立石鐵臣出生於台北東門街，但自幼隨家人遷返東京，然自二十八至四十多歲的壯年期，曾數度短期或長期地生活於台灣，一九四八年返日。立石鐵臣早年從日本畫轉習油畫，作品多次入選台展，並為台陽美協的創會成員之一。曾在台北帝國大學(今台灣大學)理農學部從事細密描寫工作。

在立石鐵臣超越後群且極為細膩的審美視角下，台灣的老弱婦孺、人力車伕、鳳凰木、水果攤，夜市裡的鱔魚麵、鹹粥、排骨酥，小店裡的香燭、竹籠、茶桶，巷弄間的竹竿、磚屋、院落，甚至山丘上的墳墓、七爺八爺、紅面番鴨、水牛都齊聚一堂，組構出台灣庶民生活的真實面貌。在台灣出生成長的第二代日本人，必須透過不斷的觀察、學習來認識台灣、理解台灣。除他之外，「艋舺通」池田敏雄、帝大教授金關丈夫、攝影家松山虔三等都是身體力行認識台灣的日本人。《民俗台灣》（1941～1945）就是一本蒐集記錄台灣民俗鄉土自然誌的雜誌。

一九四八年立石鐵臣四十三歲那年被遣返回日本，他激盪的心情仍反映在一九六二年《台灣畫冊》中，在一幅搭乘遣送船與岸邊揮手送別的台灣友人圖裡，他寫了三次「吾愛台灣，吾愛台灣，吾愛台灣」。返日後的立石鐵臣轉向細密畫與插畫發展，從強烈與社會現實緊密結合的民俗圖繪，走向一條幽深寂靜的細密内觀之路。

立石鐵臣　台灣畫冊——吾愛台灣　1962

水彩・紫瀾 石川欽一郎
1871~1945

石川欽一郎　台灣街道　1907-12　水彩　30.8x25 公分　（日本・靜岡縣立美術館）

台灣街道

＊石川欽一郎，一八七一年生於日本靜岡市淺間神社附近，年輕時代學習英國傳統水彩畫，三十六歲赴台北擔任台灣總督府陸軍部通譯官，一九二四年任教台北師範學校。初到台灣時，他曾說過一句話，「傳言是地獄，見了卻驚為天堂。這就是我對台灣的第一印象；形與色都很優美的島嶼，令人欣喜。」

石川欽一郎最推崇台灣的相思樹與栴檀樹（苦楝），他認為台灣相思樹正有如日本松樹，都可以被約定俗成為地域風景的代表特色。這幅「台灣街道」相思樹高聳遮天，樹葉色彩濃郁如潑墨變化，相對地樹幹的姿影柔易搖曳，素樸低矮的紅磚房舍一路延伸，穿著寬鬆自在的行人悠閒地穿梭於廣闊的大自然之間。

一九〇八年一月，石川曾在當時的第一報《台灣日日新報》，發表〈水彩畫與台灣風光〉：

以水彩畫台灣風景、風俗等做成繪葉書贈送內地友人，應該是非常有趣而且有益的事。領台十餘年後的今天，日本還有很多人一直不知道台灣，我希望至少讓這些不幸福的人們知道日本第一的台灣風景。或許也有人覺得我說台灣是日本第一風景太過份了些，可是我卻深信不疑，並且相信東京的畫家友人看了也一定會這麼想。⋯

（京都與台北）兩地大體的山容水色相當近似，台北的色彩看起來還更加地美。紅簷黃壁搭配綠竹林效果十分強烈，相思樹的綠呈現日本內地所未曾見的沉著莊嚴感，在湛藍青空搭配下更為美妙。空氣中的水分恰如薄絹般包圍山

野，趣味極其溫雅。其他雲彩、陽光都是本島特有的美，內地怎麼也無法相比。

在這篇文章中，石川熱情地推介水彩畫寫生與臺灣風光，目的是期許一般社會大眾也能夠拿起畫筆，養成業餘創作的興趣。

對於歷史古蹟情有獨鍾

石川特別喜愛自然風景或歷史古蹟，「台北舊城門」（約1910年），是借用舊建築物表現懷古幽思。寬闊而壓低的地平線指向遠處小南門背景，左側高大壯觀的相思樹林前有一壞溝上的老石橋。道路依然是重點之一，老樹古橋，景色荒涼，夕陽殘照，昏黃的雲彩擁抱著城門，明顯地看出英國風景畫自然神秘感的效果。城門嬌小如亭子般，卻是畫中的地域靈魂，石川所指認台北的歷史地標。

台灣現代美術播種者

石川在台灣推廣水彩畫的貢獻卓著，學校教育方面，他為許許多多台灣青

石川欽一郎在台灣推廣水彩畫貢獻卓著

年，特別是那些有幸受師範教育的菁英分子，打開了西洋美術文化的視野，豐富他們的人生觀，培養他們終生對美術創作與欣賞的愛好。這些師範生畢業後，分發到各地教書，繼續散播現代美術的種子。

他曾經以伯樂自居，提拔羅東的貧窮青年，藍蔭鼎。透過他的學生，倪蔣懷在基隆組織畫會，在大稻埕成立美術研究所，他發掘更多有潛力的美術學生。社會上，他在《台灣日日新報》留下一千篇以上，活潑愉快的速寫插畫，他也舉辦過不下二十次個展與團體展。石川的台灣風景畫作，和他許多學生的作品一樣，都將成為台灣永遠的文化財產，慰藉我們的心靈。

石川欽一郎　台北舊城門　約1910　水彩　40.5x58 公分（私人藏）

倪蔣懷　廈門町裡　1939　水彩・紙　48×32 公分

廈門町裡

＊師承台灣近代美術啓蒙導師石川欽一郎的倪蔣懷，約在一九二九年時轉變畫風，把重心放在近景、中景，空間沒有像石川畫得那麼平遠，平實中流露誠懇學習的態度，與對大自然感應的情感。倪蔣懷多是在戶外寫生，對陽光最敏銳，他就像農夫一樣了解天候變化，在寫生中仔細地觀察自然的千變萬化，於畫中細膩地捕捉陰晴的光影與溼度變化以及晨昏天空的雲彩變幻，詮釋自然帶給他的美感經驗。

倪蔣懷對三〇年代的都市樣貌有很好的描寫能力，尤其是建築物交錯複雜的空間，自一九三六年至一九四一年完成的作品如「淡水教堂」、「台北建成町新舞台戲院」、「廈門町裡」（左圖）、「長沙街祖師廟」等，主題接近同儕油畫家的表現內容，但他堅持用水彩不用油畫，據其公子所言，他仍不滿意自己的水彩技法表現，所以不敢輕易改用油畫媒材，但他其實也嘗試過幾張油畫的。

他畫他生活的基隆新市街，畫進步中的台北，兩者已是有西洋文明特色的城市，但畫中仍有台灣人民與土地的感情，注重陽光、空氣、溼度的描寫，流露出來他對西洋文明是讚賞的，但對台灣民間的文化感情仍是濃郁，就如同一位農夫一般地眷戀大地、感恩大地。

就如同左圖「廈門町裡」一般，倪蔣懷自一九三六年起陸續完成的以都市景觀樣貌為主題的作品群，與他早期的作品相比，可看出他在空間處理上的進步，畫作中不再是單一的一棟棟建築物，以往畫單一的農舍、廟宇、洋式建物，現在多半是一條街道的描寫，而且是俯視、遠望的角度，近景、中景一樣強調，用筆、用色多於渲染，比較近似不透明畫法，也厚重許多，跳脫石川典型的畫法，而有他自己的表現。

藝術贊助第一人

倪蔣懷是石川欽一郎的首位弟子，也是門生中以礦業贊助藝術，提攜後進的第一人。畢生以個人財力竭誠推動畫壇活動與美術教育，籌畫贊助當時的七星畫壇、台灣水彩畫會、赤島社，並創辦美術研究所，培育人才，開啓近代美術的發展。與倪蔣懷關係密切的礦工畫家洪瑞麟於倪蔣懷過世五年後完成這幅紀念畫。畫中倪蔣懷身後一片祥和景色，破雲而出的曙光照在靜謐的大地，雲端的天使，一手拿十字鎬，一手持畫筆，帶著倪蔣懷牽繫一生的煤礦事業與美術理想，祥和而寧靜地遠離人世。摯友的真情詮釋，為倪蔣懷奉獻一生的藝術情懷作了最好的註腳。

與石川情同父子的關係

倪蔣懷與石川自一九一〇年結下師生緣以來，兩人一直保持著亦師亦友的密切關係。一九三〇年代日本社會對水彩畫已降低熱度，轉而熱衷現代主義，但倪蔣懷持續購買老師的作品，因而累積到了二百多件，不但使逐漸年老的石川在經濟上有所援助，自己也成了石川畫作的最大收藏者。當時雖有人責難石川畫風保守，但倪蔣懷極力推崇老師的畫是古典的，並且不盲目追求新奇，只要能體會石川的人格、學識與技巧，就會了解他的藝術是尊貴的。倪蔣懷對恩師的尊敬感恩一直流傳在他的晚輩口中，難怪有人稱他們是情同父子，是台灣美術的骨與肉。

倪蔣懷（左一）　藍蔭鼎（右一）與老師石川欽一郎合影，1938年攝於日本。

洪瑞麟　倪蔣懷畫像　1948　畫布・油彩　47.6×55.9 公分

鄉園・彩筆 李澤藩
1907~1989

李澤藩　奇萊山　1973　水彩　96x69 公分

奇萊山

＊從六〇年代到七〇年代初期，李澤藩體力好，創作力又強，經常背著畫袋，四處尋幽訪勝，甚至畫遊日本與香港。

此幅「奇萊山」即為旅遊中部橫貫公路的系列作品，包括一九七三年的「雲深處」、「中橫山景」，及一九七四年的「天祥」、「晴秋」、「湧雲」等。細觀此畫，可以發現李澤藩嘗試跳出西畫格局，而兼用了中國水墨的技法。有的以皴擦的筆法凸顯山壁的堅硬粗糙，有的則用水墨的暈染暗示出湧動的雲層。畫中近、中、遠景，呈現層層井然有序的推移。作者靈活運用乾、濕畫筆，分別表現出雲霧的輕柔浮動，山壁的堅硬峻峭，以及近景的水瀑奔流。筆法雖然繁複，但變化巧妙，恰如其分，所以整幅作品還是給人一種氣勢宏偉，渾然一體的感覺。

事實上，在李澤藩的創作內容上，寫生作品是其最重要的風格題材。他不但記錄了台灣城鄉景觀中的廟宇、陶寮、玻璃工廠，他也記寫下新竹名園、廟宇、東門城、潛園、林家花園的精緻相貌。他能畫庭院玫瑰、家人學生肖像，

他自然能一筆一劃揮灑出台灣本土的一草一木，好山好水。在他筆下的五指山、阿里山、觀音山、青草湖……，畫面常如詩般散發鍾秀之氣，令人神往的青翠更是此類台灣風景畫稿中的重要標記。

水洗的鄉愁

洗，這是他最為人稱道的技法，「洗」字顧名思義，就是「把多餘的部分用水去掉」，經過多次的擦拭之後，畫面呈現統一的色調，再於朦朧且層次豐富的底色之上，施以層層疊疊的水彩。李澤藩運用反覆的刷洗，不但使畫面上每個對象得以藉由底色而加強彼此關聯，連一般最難克服的天空、大片山水等，也服貼地浸入景色中，而呈現大自然神祕的光暈。「洗」所帶來的微妙色澤，連同

為台灣前輩畫家的李石樵面對李澤藩的作品也不禁感嘆：「這才是真正的水彩！」

永遠的老師

師從石川欽一郎，並赴東京美校西洋畫科研讀的李澤藩，一生從事教職，從新竹師範學校、師大、藝專，春風化雨五十年作育英才無數。相較於其他畫友，他的繪畫活動以風城新竹為主，雖然遠離藝術光環，李澤藩卻樂在其中地說：「這麼多年來，我享受了繪畫和教畫的喜悅。」他仁慈、寬厚、心靈手巧，除了畫畫，也能釘天花板、釘畫框、釘雞籠、作花燈，並為光復後的新竹師範學校，整理出當時最具規模的美術教室。

戰後初期，新竹師範學校的美術系教室。

李澤藩　孔子廟附近
1982　水彩
108x49 公分

馬白水　紅色北門　1970　彩墨・宣紙　40×50 公分

紅色北門

＊馬白水，來自白山黑水的東北遼寧省，從顛沛流離的流亡教師，到享有盛名的水彩大家，憑著志趣與堅持，於戰亂中不畏艱難寫生作畫，並於中年來台後，開創「彩墨繪畫」的新路。他將水彩紙換成宣紙和棉紙作畫，並採用中國毛筆，透過西洋繪畫的色面特質，融合中國繪畫的水墨線條，以及抽象的詩意境界創造一種「中國風的水彩繪畫」。將原是中國山水的筆墨與西洋水彩的色彩融為一體。

中國宣紙質地鬆、軟、輕、薄，吸水力強，彩墨落紙立刻滲入紙背散發，產生一種自然流露爽朗愉快的筆墨情趣。經過水墨洗禮的馬白水，從西方水彩紙到東方宣紙，從寫生到寫意，將「水彩」與「彩墨」的特色發揮得更加淋漓盡致。馬白水說：「墨分五色，但是每一色彩也可為五色啊。我喜歡明朗而豐富的色彩，目前，我在宣紙上的工作是如何使色彩收斂而不要露出我的『火氣』，使色彩量用得多時，給人的感覺並不覺得多。」

「紅色北門」，說明了進入彩墨時期的馬白水，繪畫風格跳脫寫實時期細膩的層次及細節表現，他大膽地以設色筆觸，化繁為簡，並採用強烈色彩對比，主觀地去表現主題。這幅畫畫的是當年車流擁擠的北門圓環地標，以紅磚城門為焦點，用渲染筆法襯托背景建築，黃色天空與樓房的明暗對比，正是夏日台北街景的寫照。

值得紀念的一年

「這一年可以說是我繪畫生涯中最值得紀念的一年。」這一年，一九五八年，

馬白水　太魯閣錐麓　1958　水彩　77×56公分

正值馬白水寫實能力的巔峰，橫貫公路闢建初成，他受邀前往寫生。在這次寫生之旅中完成的「太魯閣錐麓」是他認為自己寫實風格的完美之作。「畫面很明顯的看得出賓主虛實，輕重強弱⋯⋯描寫表現的功力，已能沒有重複，絕少廢筆。」畫面中，近山、遠峰，採冷熱對比色調。層次變化，細緻微妙，筆法縱橫自如，有晶瑩剔透的感覺。

白水一名之由來

馬白水原名馬士香，九歲入私塾之後，塾師于占亭先生為他取號為德馨。

馬白水二十一歲從遼寧省立師專畢業，開始踏入社會之時，因為覺得「士香」二字過於女性化，就正式以號為名，成為馬德馨了。所以，在一九四八年之前的畫作裡，還可以看見畫家的簽名是「德馨」。

一九四八年秋天，在上海大新公司舉行畫展的馬白水又改名了，他說他命中屬土缺水，因此取了一個單名，叫做「馬泉」，原想要江海的水，但又怕太多而承受不了，所以只取泉源一字，但是用單名來稱呼，自己還是有些不習慣，就把「泉」字一拆為二，成為「白水」了。

有不少人以為此名是為了紀念東北家鄉的白山黑水，其實真正的意思是以「水」象徵聰明，以泉為名，應是願心中永遠有活水，活潑、流動、源遠流長吧。

在改名為白水之後，自己覺得這個名字非常簡單明瞭又乾淨清爽，畫家曾說：「突然間，我明顯地變得開朗愉快、無憂無慮，沈澱了雜質，流到了廣闊的原野，馬上會進入大海⋯⋯」觀其一生，還真是名實相副啊！

師大美術系教授合影右起馬白水、施翠峰、陳雋甫、李石樵、莫大元、陳慧坤、黃君璧、廖繼春、王壯為、張道林、郭軔、林玉山、張德文。

劉其偉　憤怒的蘭嶼　1989　水彩・畫紙　50×36 公分

憤怒的蘭嶼

＊這座蘊藏著豐富的珊瑚礁和珍奇魚類的島嶼，族人怒吼的聲音來自抗議台灣本島核廢料的堆放。一艘拼板舟上載著達悟族人憤怒的眼睛，從畫面上可以聽到達悟族人的怒吼。劉其偉揉合原始藝術與克利的藝術形式，把人與船化為簡約的圓形和弧形，配合紅棕、棕黑的色彩，使人舟一體，有如生命共同體。那雙憤怒的眼神，正是他為捍衛原住民的生態所發出的野性呼喚。劉其偉不但用繪畫，也用文字去記載這個與山川同呼吸，與大地同脈動，沒有文字，只有歌舞的台灣活文化。不論是新竹五峰鄉大隘村賽夏族或苗栗南庄鄉向天湖的矮靈祭，屏東霧台、好茶、來義村落的排灣族廢址調查及魯凱族的建築藝術考察，花蓮陶塞溪泰雅族的獨特製陶藝術，蘭嶼達悟族(雅美族)原始部落調查等，原始部落的神秘生命力不但召喚出劉其偉內在最深的藝術感動，也激發出他無比燦爛的藝術創作。

原始‧文化‧英雄

劉其偉一生大大小小的探險不斷，包括前後三次婆羅洲、二次非洲、一次大洋洲及中南美洲、菲律賓、朝鮮與台灣。在雨林、高山、沼澤和島嶼各地居民接觸之後，他發現原始藝術樸拙、動人，充滿生命力的特質是那種非經過訓練的自發性技巧，恰與他非學院訓練的養成背景不謀而合，因此造型粗獷，色彩強烈，筆觸奔放、半抽象的視覺特質乃成為劉其偉藝術構成的主風格。在他童真的眼中，動物、植物、星辰、日月與宇宙四季，共存共榮，燦爛明亮。

人生畫布的探險家

出生於福州的劉其偉，一生從日本、天津、廣州、雲南，最後落腳於台灣。在台灣的五十七年間，他從一個乖戾的青年、茫然的軍人變成一個斯文的學者，對藝術有夢想的畫家。在台灣期間，他任職過台電、台金、台糖。一九五八年四十七歲時，因轉任國防部軍事工程局工程師，他走遍了台灣各大小鄉鎮，除了勘查它們的軍事價值外，也飽覽了台灣各地的鄉野風光，拓展了藝術的視野。

三十八歲才拿起畫筆，憑著對藝術真摯的熱情，無師自通，成為畫壇的天才老頑童。六十歲以後自修踏入人類學，以業餘文化探險家的身分，踏查台灣山地，田野調查遠至菲律賓、非洲等地，八十三歲時還遠征巴布亞紐幾內亞。智慧的臉龐，頑童般的笑容，與民國同齡的劉其偉，生前孜孜不倦地繪畫、著書、演講、為公益奔走。戲稱自己是天才老頑童的劉其偉，把人生這塊畫布淋漓盡致地展現出來。「生命要用，才有價值。用它，等於活著；做了，也才是活到了。」劉老留下這句令人深思的語錄。

二○○二年二月二十二日劉其偉在台北國際書展為熱情的讀者在新書《探險‧巫師‧劉其偉》簽名。歲月雕鑿的容顏，竟可以如此可愛，吸引劉老粉絲排隊等候。

劉其偉與巴布亞紐幾內亞的Huli族人排排坐　1993

山水・獨行 席德進
1923~1981

席德進　梨山暮靄　水彩　1981

梨山暮靄

＊「水彩，對我來說，只是一個表現工具。我的水彩畫是包含了水彩、油畫、素描、水墨的技巧和特徵，所以我的水彩就不是純粹的水彩畫，不像別人的講究那些水彩技巧，而是研究素描結構、空間、油畫用色的強度、變化，有水墨畫用筆和氣韻、韻味，加上我對自然的體會與觀察，對現代藝術精神的掌握，加進中國的書法用筆，揉合東方、西方繪畫的特質……不要把水彩當作只是單獨的水彩畫看待，要多方面研究，如書法、素描等，才能深入，對東西文化要有透徹的了解，要畫成中國人的水彩畫。」對於自己所最擅長的媒材——水彩，席德進清楚地表達了其希望將自己所學習過的技巧融合到水彩的主張與堅持。

除此之外，追求「現場寫生」的臨場感則是席德進的另一個堅持。他把大自然當作人間至善至美的神祇，去捕捉瞬息萬變的剎那景色。只有在現場作畫，才能畫出當下的感動，因為自然給他一股澎湃的力量，一種激動。只有迅速作畫，才能抓住那股激昂的感受。所以席德進作畫之前根本不必打草稿，定神的關注景物之後，便先以水大筆橫刷畫紙，使紙飽含水分後，開始大筆渲染，由遠景畫起，把大地染得水氣淋漓，從空濛濛的一片灰黑畫面中，透出微妙的色調。這種在瞬間中集中自己，大筆渲染的作畫方式，對遠近層次與色調變化都須拿捏準確，才能掌握渲染的效果，他平日累積的素描經驗與書法功力，都在畫面中展露出來。

在「梨山暮靄」之中，簡單的幾重山

影，顏色在近似國畫的淡墨暈染中透出色度的微妙色感，層次間充滿流動的空氣和晨霧，令人感受到高山清新的氣息。席德進所畫的雖是真實世界，卻由於他巧妙的把握住「水」的靈動特性，使對象具有層次的美感，在層次之間充滿了流動的空氣和氤氳的水氣，讓觀者能在流逝的每一瞬間，品嘗永恆的靜寂。

席德進的書法

自一九六九年起，席德進開始練習書法。這對他來說就像是在練基本功，目的是使他在作畫時筆觸不再輕輕滑落，而是具有重量感的線條，同時也使他超越了西方機械性的線條，遨遊在東方書

席德進的書法

法的情趣與墨韻中。書法的練習大大地幫助了他的水彩線條成為沉著有力，也使他的畫面具有一種雋永的美感。在席德進的書法之中，他以長形結構代替方整，筆則長短有變化，充滿原始、純真的趣味，而平直勁挺的線條在豪放中不失穩重，寫來痛快、俐落，毫不囉唆。很多人以為「失敗本身是生命勇猛活過的證據」是席德進說的，它事實上出自熊秉明翻譯的存在主義者沙特原著，有關雕刻家傑克梅第「絕對的追求」譯後記。席德進曾再三捧讀此文，並摘錄這段文字寫成長軸自勉。

對台灣古建築的熱愛

出生於四川的席德進，一九四八年來台後，在這塊土地上一待就是三十四年，他把異鄉當作故鄉，用畫把生命燒盡。除了台灣的山水風景外，席德進也熱愛台灣的古建築。某一日，他經過台北小南門時驚喜的發現古城門的迷人風采。從此，台灣的廟宇、飛簷、紅磚、馬背，那些燦爛的色彩，開始湧入夢中呼喚著他。台灣古屋指引了他繪畫的道路，成為他汲取不盡的靈感泉源。

席德進　林安泰古宅　水彩　55.6x76.2公分　（國立台灣美術館提供）

靈魅・狂想 洪 通

1920~1987

洪通　約1972-73　宣紙・廣告顏料　水墨　89×69 公分

無題

＊洪通，成長於台南縣的漁村——南鯤鯓，自幼失學不識字，五十歲時開始對繪畫產生興趣，六○年代在物質極為匱乏的條件下，瘋狂投入繪畫創作。一九七三年展出畫作時，經媒體大幅報導，造成轟動，成為台灣最傳奇的素人畫家之一。

在一九七二年洪通的這幅畫裡，充斥許多「鳥」的形象，這有可能是受到南鯤鯓五王爺廟頂上「鳳凰」剪黏的影響，鳳凰在民間信仰中代表著祥瑞與靈性，也是自由與神秘的象徵，洪通每天徘徊在此，對這神鳥的靈性，以及風姿綽約的造型異常癡迷，忍不住將牠納入畫中。

輪船之波，眾魚飛躍，也是洪通畫作裡常出現的畫面。對於生長於漁村的洪通，大海是滋生萬物的母體，遊曳在海中的生靈，不只是人類漁捕的獵物，牠們還象徵自由與繁衍。同樣地，吸收大地精氣蘊冒而出的植物，蔓生的枝幹，繁茂鮮豔的花草，代表了自然界生生不息的力量。

在道教信仰虔誠的漁村裡，傳說對鄉人的生活與思想具有不可思議的浸透力。洪通從小耳濡目染，儒說附會的道教教義早已在他心中形成一套完整的神人觀，加之他從歌仔戲、布袋戲、「講古」聽來的民間演義，更豐富了他的神話想像，除了影響他的處世觀之外，自然而然地，也就將這些元素引進他的繪畫之中。

神話中那特有的圖像處處充斥在洪通的畫裡，人面與獸身結合、振翅而飛的人頭、人的軀體變成枝幹、花朵開出人

洪通畫屋壁畫，中間窗條十字架下面寫了「天主」兩字。（李賢文／攝於1975年）

面……，人與萬物相形相生、隨意交融、自由蔓延，在在增添洪通繪畫語言的神秘性與令人難以解碼的心靈深度。

洪通的畫屋

洪通的家是一間長條狀簡陋陳舊的土磚房，一九七五年，他為他的房子做了點變化，木門上一張文字畫，門兩邊也貼了對聯，房子左邊牆上有洪通題寫的詩文，有些字可以辨認，總體卻不明其意。左邊牆上畫了對望的兩隻鳳凰、花樹與人物，中間窗條上畫一個十字架，下面寫「天主」二字，十字架同一方位的屋頂上也立了個木十字架。房前空地上，洪通在陳置整齊的磚瓦上擺了他捏製的泥偶群，這是他跟燒瓦的鄰居學來的手藝。雖還是從前的那間老房子，但多了彩畫裝飾，整體環境變得生氣盎然。

畫畫是為了爽快

有人問洪通：「你畫的東西都不像，也看不懂畫些什麼，難怪村裡的人都說你亂畫，瞧不起你。」

「他們懂什麼！畫得『像』有什麼用，繪畫要畫自己心裡的東西，畫得使自己感到爽快，何必要求別人了解。」

又問：「你作畫時，是先胸有成竹才下筆作畫，或是興之所至，隨心所欲？」

他直爽地說：「我不會事先去想畫什麼？只要我心血來潮，一管在握，便可以隨心所欲，畫累了就休息一下，然後再畫，一直畫到我滿意為止。」

「什麼叫做滿意？」

「滿意就是爽快，爽快可以不吃飯不睡覺！」

用左手展現畫技的洪通。（李賢文／攝於1973年）

大地・牧歌
1895〜1930
黄土水

黄土水　釋迦出山　石高原模

釋迦出山

＊一九二五年黃土水應艋舺仕紳魏清德之委託，為龍山寺雕刻佛像，即為其兩大名作之一——「釋迦出山」。

黃土水的理想是能雕出一尊純粹的佛像，希望能有別於台灣傳統民間藝術的風格。如此一來，他就幾乎無法從台灣寺廟的傳統中擷取到靈感，他只好直接面對創新的挑戰。黃土水長年深居日本，欲搜尋資料自然也以在日本最為方便。雖然他深知在日本或中國的佛教藝術之中，早已存在著造型完美的佛像典型，如佛陀慈悲圓滿的立姿或坐像。但他並不想再重複類似的表現方式，於是他便直接往佛教的發祥地——印度尋找靈感，終於鎖定「釋迦出山」這一則佛教雕刻史上稀有的題材。

所謂釋迦出山乃是形容釋迦出家入山苦行六年後，感到苦行效果不彰，於是毅然決然決定下山尋求真悟的場面。黃土水從當時流行於日本的南宋畫家梁楷畫作——「出山釋迦圖」中得到靈感，進一步找出釋迦苦思的精神內涵，創造出有異一般佛像法相莊嚴的性格，直賦人間生命的感情。在本作之中，黃土水以捲髮鬍鬚起伏等自然表現，取代渦漩狀的螺紋髮髻，並結合釋迦臉部深思安詳表情，雙手合掌站立的姿勢，傳達出釋迦悲天憫人的慈悲心。袈裟的垂折與披穿方式，呈現整體的律動感，衣袖往外垂向兩側，略成放射線狀；人體肌肉、骨骼的結構在袈裟下仍隱隱可見，身軀雖瘦削，但仍在合理狀態內。臉上神情莊嚴靜穆，充分表達其自在慈悲的精神內涵。

「釋迦出山」的原作是以櫻木雕成的，不幸毀於二次世界大戰的炮火轟炸之中。目前僅存黃土水夫人廖秋桂女士贈與魏清德的石膏原模；後來由文建會主持翻銅工作，以求能永久保存此一大作，翻製後的五尊作品，分別放置在北美館、國美館、高美館與龍山寺。

兩項台灣第一

當今日本首屈一指的藝術學府是東京藝術大學，第二次世界大戰以前稱作東京美術學校，始終是日本最高的藝術名門，也是亞洲地區最早傳授近代美術的學院機構。黃土水於一九一五年進入東美雕刻科木雕部，乃是第一位踏入此藝術名校的台灣學生。另外，在黃土水那個官展獨尊的時代裡，「帝展」是眾所公認的藝術殿堂，一旦能入選帝展，也就等同了其藝術得到了最權威性的肯定。黃土水於一九二〇年秋天，悄悄地送作品到第二屆帝展雕刻部接受評審，出乎他自己意料之外的，其中一件取材自原住民孩童的「山童吹笛」竟然入選，成了第一位入選帝展的台灣藝術家，從此也就奠定了黃土水在台灣雕刻史上的地位。

黃夫人廖秋桂女士與「山童吹笛」

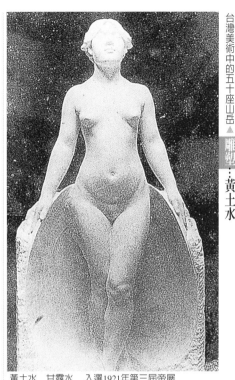

黃土水　甘露水　入選1921年第三屆帝展

從殞落到出土

黃土水逝於一九三〇年，正好錯過了台灣文化活動極為活絡的三〇年代。因他的早逝，造成他的知名度僅止於第二次世界大戰前在知識分子與地方仕紳之間流傳；終戰後，由於無情的改朝換代，黃土水在日本殖民的台灣社會所建立起的聲望，因而被徹底遺忘。直到一九七〇年代中期，當台灣文化界全面展開如火如荼的本土探索之際，黃土水之名才得以重新出土。不過可惜的是，將近半世紀的埋沒所伴隨而來的代價是黃土水作品的大量佚失，其中最離奇的乃是入選第三屆帝展的「甘露水」。這件裸身佳作，據說戰後因為當局認為裸女有礙觀瞻而欲毀棄，某位省議員聞訊，急忙將其載回台中，從此下落不明。因此有人認為此作尚在人間，只是收藏者怕被沒收而不敢公諸於世罷了。

陳夏雨　坐婦　1980　石膏原模　20×70x16.8 公分

坐婦

✽這是陳夏雨晚年重要代表作，以陳夫人為模特兒，大約花費三個月時間製作，未經過多的反覆修飾。作品呈現適度的筆觸，整體感覺統一而明快，土土拙拙的，卻有一種渾然天成的自在，可見這個階段的陳夏雨對女體的掌握已達隨心所欲的圓熟地步。此作由任何角度觀賞，皆有其韻味，自然而深刻，像一座小山的感覺。羅丹曾說，最美的題材擺在你們面前——那就是你們最熟悉的人物。陳夏雨以這件作品總結女性之美，而這美源自數十年的相知和共扶持。

女性軀體是許多藝術家靈感的來源，造就了無數優美的創作。但卻很少創作家表現年老的婦女，大約此時力與美的傳達難免略遜一籌。陳夏雨既是捕捉生命本質的內涵，也就無關對象的年齡與身材，任何形體皆有其美。在這件陳夏雨作品中，儘管老婦人不再曲線窈窕，特別圓碩的厚實感反而成為明顯特色。頭部與上半身的前傾，加強了若有所思的情境。面部輪廓線條微妙生動，彷彿包容了多種複雜的情感。從側面特別可見左腿的轉折，以及左手臂牽動左肩，並達到與左腿關連的作用，也使整個造形緊湊和穩定。

此作作於一九八○年，當時陳夏雨夫婦赴日參加「太平洋美展」，在參展及等待作品翻銅時，客居朋友寓所，在無工作檯也沒有坐椅的情況下，以手捧著做成的。當時，陳夫人已六十歲了，就直接坐在地上好久，擺出姿勢，長時間不動。鮮少人知道，陳夏雨這件「坐婦」竟是如此於克難侷促的狀況下完成的。

藝術苦行‧人間修行

陳夏雨以泥土塑造裸女像的工作情形。（攝影／李賢文）

夏天，室內溫度高達三十多度。下雨，得擺上水桶接著漏下來的水。儘管這樣，他說：「與其在有冷氣的舒適廳堂享受珍味美酒，不如回到我酷熱的工作室，光著膀子，粗茶淡飯來得舒適自由。」為了在藝術表現上，擁有絕對自主和自由，他不願意花費絲毫精力於販賣作品，更不擅於面對世俗之事。無法矯揉做作、虛應人事的陳夏雨，孤僻、不理人的形容也就不脛而走。終日將自己沉浸於工作中的他，沒有假日，一年三百六十四天是工作天，只有過年初一休息半天或一天，數十年如一日。每天做同樣的事超過十小時，到七、八十歲還是如此。

雕塑之於陳夏雨，有若宗教信仰般堅定不移。

生命之美的雕塑者

陳夏雨，台中縣龍井鄉人，早年赴日研習雕塑，深獲其師藤井浩祐之影響。戰後返台，終生致力於雕塑創作。陳夏雨的雕塑，在寫實之外追求更高真實。藉著人物、動物諸種自然之形，表達所欲表達的內涵特質，因而在造型上有所誇張、強調與簡化。而「剛剛好就是上好」這種隱藏的、暗示的手法，正是雕刻家蔡根說的：「陳夏雨常常是一個小小頭像做四、五年？怎麼可能，我以前時常懷疑他到底在做什麼。那樣一個形，一般雕刻家二、三天就做出來，久一點的一、二個月，他做了四、五年，他在經營那種很細小的東西。構成雕塑的形是透過無數的面，而他所經營的就是那無數細小的面的完整組合。」

對完美的絕對追求與對精神性的絕對堅持，使得陳夏雨的作品，由內而外，煥發無比的古典光輝。

陳夏雨　裸女之四　1948　石膏原模
23.3x13.1x20.3 公分

楊英風　協力擎天　1997　不鏽鋼　宜蘭縣政府廣場

協力擎天

＊楊英風，一九二六年生於台灣宜蘭，一生創作千餘件，在版畫、雕塑、設計、景觀、雷射，乃至漫畫方面，均有所建樹，晚期則以「景觀雕塑」為世人所熟知。五十歲以後的他，積極推廣生態美學的概念，從宇宙的和諧，到自我的靜觀，他認為藝術是生命圓融的終極表現，景觀自在，心物合一，在傳統思維與現代科技之間，沒有絕對的分野，只在如何適切的結合再生。

一九九六年，故鄉宜蘭縣政府計劃設置一個可供市民休憩活動的市民廣場，廣場中希望能有一座足以代表宜蘭歷史與精神的象徵物。楊英風接受委託，他採取一種接近行動藝術的方式，在當年十月十三日，邀請宜蘭縣民九百位，以眾人的力量，將三棵完全未經任何雕琢的巨大檜木，矗立起來，象徵協力擎天、靈根再植的意義；旁邊另外又佈置了二十棵枯木，形成一種森林的意象。

隔年，他又在這些森林之中，擺置兩件不銹鋼雕塑，名為「龜蛇把海口」，取材自宜蘭外海龜山島的地景特色。帶著弧狀的不銹鋼鏡面，反照千年古木的身影，現代與傳統相互照映。這件作品是楊英風對故鄉最後的獻禮，也成為生命中最後一件巨型遺作。

東西相融、互補合作

許多藝術家認為：不銹鋼反光、反照的媒材特性，容易干擾雕塑體和環境的關係，楊英風卻認為這些特質正好是雕塑與環境融合的最大挑戰與機會。一九七三年，應貝聿銘之邀，創作於紐約華爾街東方海運大廈前廣場的「東西門」，就是一件寄寓東西文化思考內涵的不鏽鋼景觀雕塑。

「東西門」就像是用一張簡單的方形紙片，剪出一個圓洞；原來的紙片，折了一角，成為可以站立的「月門」牆；剪下來的圓形，往前一推，又變成了中國式的屏風。方形代表理智的西方、圓形代表圓融的東方，東西相融、互補合作，才可能成為一個完美的整體。

台灣現代雕塑的導師

楊英風十九歲時，進入東京美校建築科，受教於當時日本最重要的木構建築大師吉田五十八，學習到東方建築結構的精神和原理。同時，也上過雕塑大師羅丹嫡傳弟子——朝倉文夫的課，奠定了原本就對雕塑極感興趣的他，更為紮實、豐富的雕塑技巧與美學認知。日後，他雖然沒有成為專業的建築師，但他的作品中，尤其是後來的景觀雕塑，始終充滿了建築的考量，及結構上的精湛思維。

在台灣雕塑史上，楊英風是接續黃土水、黃清埕、陳夏雨等前輩藝術家的腳步，在傳統寫實的風格之外，另闢屬於現代表現的幾種面貌，尤其是在空間的探討上，大跨步地進入現代形式的思維與創作領域；而在開發花蓮大理石雕，擺脫低廉工藝品格局；培育創作人才，如朱銘；引進雷射藝術新科技，以及不鏽鋼媒材創作上，均不遺餘力，是台灣現代雕塑的導師型人物。

楊英風　自刻像　1950　木刻版畫　11x11公分

楊英風　東西門　1973
不鏽鋼
480×700×550 公分
紐約華爾街東方海運大廈

陳庭詩　約翰走路　1984　18×59×93.5公分　（國立台灣美術館／典藏）

約翰走路

＊「約翰走路」是簡約的幾片大小不一的幾何形鐵片的焊鐵雕塑。以一塊簡潔大三角形的鐵片為大架構，另一側斜面焊接一片狹長的三角形鐵片，兩片尖端與底座形成一個鏤空三角形。上端再加上彎曲或捲曲的小圓形鐵片的曲面變化，拼組成一件在不平衡中又平衡，奇而安的雕塑。這件作品參加西班牙的「鑄造一個空間」巡迴展，得到極為難得的殊榮。以版畫成名的他，晚年醉心於焊鐵雕塑，然而在國內一直未被看好，因此感嘆地以詩寫下他的心境：

歌哭堪哀此一生，飄零書劍尚營營，
雕蟲末技何人賞，只合狄夷識姓名。

此作品純粹是一件結構性的抽象作品，以面與線組成物體的量感，造形粗獷、堅實。這種塊面的組合與天然的質感，與他的版畫真是異曲同工。他的好友詩人周夢蝶為這件「約翰走路」賦詩一首，詩中第二段寫著：

以苦艾與酸棗之血釀成
不飲亦醉一巵一瓢亦醉
不信？世界乃一酒海
在海心。有幾重的時空
就有幾重銘酊的倒影

藝術家陳庭詩和詩人周夢蝶，一個是急驚風，性急，行動快速，內在的爆發力像個小活火山；一個是慢郎中，說話慢、吃飯慢、寫詩更慢，一切都慢條斯理，如此一快一慢的兩個人，竟能相交四十年，其間必然有他人體會不到的會心一笑吧！

澹泊素靜的兩人都是城市的大隱者，兩人都在孤絕中咀嚼人生滋味。陳庭詩仍不忘叮嚀喜愛佛法的摯友多寫〈般若波羅密多心經〉。兩人流放、飄零台灣的獨特歷史經驗，積澱出生命創造的泉源，在不畏離根、離葉的苦楚中，兩人不約而同在藝術上開出奇花異果。

現代藝術的無聲捍衛者

陳庭詩來自福建的書香世家，為開台功臣沈葆楨的後代。少年不幸失聰，意外地開啓他藝術生命的春天，從早年的寫實木刻，到中年全心投入現代版畫，到晚年埋首焊鐵雕塑，終生創作不輟。《神遊・物外・陳庭詩》作者鄭惠美給陳庭詩的一生寫出一段動人的書引：

失聰是上蒼的失誤，
也是上天的恩寵。
在無聲的寂靜中，
陳庭詩意外地找回生命的春天。
他獨居陋室，
過著清寂的恬淡生活，
讓紛擾飄蕩的心情歸零，
傾聽自身心靈的真摯呼喚，
活著，不為什麼，只是去做。
做版畫、做雕塑、畫水墨、
畫壓克力畫、寫書法、作詩、篆刻，
他樣樣做，拼命做，非常人所能。
在濁世的眾生喧嘩中，
陳庭詩宛如一位帶髮修行的僧人，
以超越苦難的悲壯意志，
走完一生，
他，是眾聲中的堅定清音，
引人駐足諦聽。

以現代版畫揚名國際

一九七〇年，陳庭詩以版畫作品「蟄」，榮獲第一屆「韓國國際版畫雙年展」首獎，一舉在國際美術舞台上揚名。此件作品可以窺見他萃取中國傳統文化藝術的精華，如金石篆刻，石器時代的石斧、石刀形制，殷墟甲骨碎片、裂紋，漢代碑刻、石闕及中國天圓地方的宇宙觀，陰陽互動、生生不已的哲學觀，融鑄成他自己的美學觀。

陳庭詩攝於雄獅畫廊個展 1992

陳庭詩 蟄 1969
版畫・紙本
121x180 公分
第一屆「韓國國際版畫雙年展」首獎
（私人收藏）

古典・陶藝 林葆家
1915~1991

林葆家　龜裂青瓷　1988　26×26×43.5 公分

龜裂青瓷

* 「龜裂青瓷」是件橄欖形的器體,分為兩部份,上半部有裂紋,下半部光潔如鏡,互相襯托出肌理與釉彩之美,是林葆家青瓷作品中清新之作。

一般青瓷釉通常施於瓷坯,林葆家嘗試施於陶土,他精心配置七、八種青瓷釉藥,分別應用在台灣產的大甲土、苗栗土及南投土所調配製作的坯體上。利用青瓷釉特有的透明度,和有色陶土的質樸感,再加上重複施釉、雙色施釉、燒成氣氛的精確控制,使青瓷的裂紋變化和呈色,展現出豐富的新風貌。

作品造形方面,雖然源於傳統陶瓷,卻格外講究輪廓弧度變化及整體起伏轉折,隱然流露著個人的創意之處。陶瓷器表面釉色的不規則裂紋叫冰裂紋,有大、小開片之分。古瓷界術語是將片紋交錯的叫做「魚子紋」或「蟹爪紋」,把重疊若冰裂的紋片叫做「冰裂紋」,細小者又叫「牛毛紋」。本來有裂紋者,不能成為最精之作;但因具有自然意趣之美,受人們稱頌和喜愛。

建立新古典美學觀

林葆家認為,陶藝種種的分析和試驗目的不在仿古,而在承續傳統。「傳統與仿古不同,傳統足以繼續擴充,仿古則死路一條。」傳統是指使用類似的土、釉和工具,朝原本的氣質,感覺去發展;可以現代化,適度的改良使其配合現代生活需求。仿古則以現代科技、新穎設備去模仿歷代陶瓷品,無論造形、釉色皆極逼真;充其量只是展現技術、製造假古董而已,毫無創意可言。

從「傳統中創新」是他的方向,也因此,他提出了「新古典」的美學觀,這正是他個人風格的最好詮釋。所謂「新古典」的陶藝得從坯土、造形、裝飾、燒製四個方面來呈現。一九八九年元旦,國立歷史博物館邀請展出中,他擬定了「青瓷系列」,作為詮釋「新古典」深化表現的示範。他依照腦海中想要的意境,試調了多種青瓷配方,設計了一百餘款器形,擬定了灼燒程式,一一燒成之後審視、淘汰,精選出近百件公諸同好。

台灣現代陶藝先驅

林葆家這位台灣現代陶藝先驅,出身自台中社口書香世家,早年赴日習醫,中途棄醫學陶,返台後致力於台灣陶藝發展和培育創作人才,獻身所學於台灣陶瓷產業與現代陶藝的奠基工作,是戰後台灣本土陶藝歷史發展的見證人。他潛心探討坯土與釉藥的奧秘,推廣陶藝生活化,用台灣的土,燒出台灣的陶。他的作品形色完美,風格如其人般文質彬彬!林葆家以大半生所累積的經驗與智慧,為陶藝創作鋪陳一條平坦而紮實的路。

工作中的林葆家

林葆家　浮光掠影
1988
30.5×30.5×35.5 公分

陳玉峰　嘉義城隍廟中門之秦瓊門神　彩繪

嘉義城隍廟中門之秦瓊門神

＊傳統民俗彩繪是一種經世應用的美術，是古老中國民間美術文化下的支脈。人稱「祿仔師」的陳玉峰，是府城台南著名的彩繪師。二十六歲主繪澎湖天后宮三川門，作品遍及台灣及離島各大祠廟宅第。

一九四九年，大陸國共烽火連天，國民政府播遷來台，時局的紊亂無礙台灣修建寺廟的熱切，嘉義城隍廟禮聘陳玉峰彩繪裝修，其中城隍廟門神繪製是該次工程一大重點，陳玉峰應用潮州彩繪技法，重彩疊暈，層層細描，加上門板高聳使畫像威儀莊嚴，堪稱是台灣光復後，陳玉峰門神創作的佳構典型。事實上，陳玉峰的彩繪技藝，早年除拜師學畫外，二十二歲還曾赴潮洲考察建築彩繪之技藝表現與內涵。而潮汕地區當時無論陶瓷、金工、木工、木雕、石雕、刺繡、彩繪、泥塑等民間傳統技藝均獲高度發展。清初，閩粵移民大量入墾台灣，潮汕一帶藝師隨勢引進，對台灣本土民藝發展影響甚鉅。之後，三十八歲那年，陳玉峰遊廈門、南普陀寺及鼓浪嶼，觀察到內地畫師技法應用的富麗奇巧，那種勾勒敷彩再加重層次的疊色描白，刺激他重新思維台灣傳統門神彩繪技法的表達方式。

日治末期，雖然隨著日本對台灣的「皇民化運動」造成台灣傳統建築產業式微，大型寺廟彩繪工程有限，陳玉峰在這段空窗期，更加努力自習，在門神彩繪上，加入更多吉祥人物花鳥，並且加強明暗陰影法，突出立體感，不僅讓門神彩繪更具個人特色，也間接影響並奠立了府城彩繪的區域風格。

府城第一畫師

生於府城，長於府城，知名於府城的民俗畫師陳玉峰，一生所創作之圖像，無一不是充滿庶民感情的視覺語彙。他的技法是勾勒、填彩、暈染；他的工具是中國的毛筆、色料、宣紙；他的題材是花鳥、人物、民俗；他的範本是《芥子園畫譜》、《古今名人畫稿》、《點石齋叢話》、《鄭板橋四子書真蹟》等。

一九二〇年代，台灣在日本二十年殖民經濟統治下，各地民宅祠廟改建重修，隨處可見。而陳玉峰出道後也躬逢其盛地到處受邀彩繪民居祠廟。

雖為府城第一畫師，陳玉峰仍勤習不倦，工作之餘，必一壺清茶，一口煙斗地臨摹前人畫譜。在日治時代台灣新美術運動蓬勃開展，膠彩畫與西洋畫並起的同時，陳玉峰堅守彩繪創作崗位，宛如民間藝術的守護門神。

門神彩繪

門神彩繪主要在大門上板畫彩繪兩位文武官將的畫法，門神依奉祀神格的高低，會有不同的人物、服飾、法器的配置；一般來說，不同的畫師、門派也會有不同的表現手法。目前台灣所見的門神造像，北台灣畫師較無明顯特徵，中台灣以鹿港郭家系統為主，門神彩繪講究服飾考證，以實物再現為訴求，彩繪裝飾運用手法平實，其人物特徵福泰，重身段手印，屬泉州派風格，知名畫師有郭啓薰、郭新林、柯煥章；而南部府城門神彩繪傾向潮州畫派，線條細膩，敷彩技法早先以平塗，後著重明暗層次表達寫真，像陳玉峰、壽彝父子常用瀝粉貼金，就相當有特色。至於潘春源系統下的潘麗水，因有西洋畫的技法素養，所作門神造像突破往昔平面表達，而畫面效果較具立體的真實效果。

陳玉峰　桃園景福宮門神　彩繪

木雕・暢意 李松林

1907~1998

李松林　聖女小德蘭聖體龕（現供奉於萬華天主堂聖女小德蘭朝聖地）

聖女小德蘭聖體龕

＊李松林為天主教雕刻的因緣，可說源自於一九六○年台灣天主教友為慶賀教宗若望二十三世加冕，而請他雕作祭台聖體龕。這時，正是台灣各地天主教蓬勃興起的時期，雖有天主教修士在新竹成立木工工廠，為台灣許多天主教堂、學校、修道院製造木製設備和傢具，但各地天主教堂重要的祭台、聖體龕等擺設，卻還是委託李松林製作。

一九六二年李松林為萬華天主教堂所作的聖體龕，現存放於萬華聖女小德蘭朝聖地教堂中。這件原為萬華天主教堂所作的聖體龕，是李松林因應天主教需要，而由傳統神轎變化出的新形式。這座聖體龕有中式的屋頂、斗拱、龍柱，神龕底部的裝飾，也仿照寺廟的神桌圖樣，有著雙龍飛騰，中置廟堂的形象。屋頂簷角上的裝飾，還可見到李松林慣用的優美卷草紋裝飾。不過李松林也因應天主教堂的需求而作了若干調整，由於龕中供奉的聖像，較一般中式寺廟像瘦高，因此龍柱也較一般神轎為高，整個神龕顯得格外高挑。

此外，神龕的細部裝飾，雖然不乏傳統龍、獅、回紋等圖樣，但是亦在屋頂中央安置天使們仰望天際的徽章狀雕飾。神龕其他部位，除了在圓形的區域中雕刻清楚的天主教紋章外，李松林也將十字形圖案，轉化為具有回紋風味的圓形圖案，得以與其他傳統裝飾圖案和諧並置。

台灣傑出民族藝師

李松林一九○七年出生於鹿港崎雅腳，逝世於一九九八年，曾於一九八五年和八九年分別榮獲教育部第一屆傳統

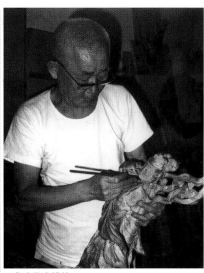

工作中的李松林

藝術木雕類薪傳獎及重要「民族藝師」殊榮。在世九十二年，李松林與木雕之間存在的是一生的緣分，他沒有學術語言，只有實際的功夫。李松林曾說：「出生欠木，所以三字中有四木，沒想到一生作雕木」。

比起其他傳統匠師，李松林是個一次又一次站在時代浪潮頂峰的強者。由於

他的才能不限於雕花，因此無論是格扇或是員光、是佛教神桌或是天主教祭壇、是實用性傢具或是裝飾性擺設，還是可以獨立展出的藝術品，他都雕鑿出令人印象深刻的精緻作品。這不但證明了他在木雕方面無愧乎大師稱號的全能，更可以讓我們透過他的一生與作品，感受到一個世紀以來，隨著環境與時代變遷，台灣木雕界的一陣陣的脈動。

晚期自信之作──「人生四暢」

一九八七年的「人生四暢──掏耳、捻鼻、搔背、伸腰」，是李松林晚期的自信之作，一個充滿庶民生活趣味的主題。這四尊雕像或者以表情，或者以姿態，展現四位長者的安適暢快。其中掏耳者頭顱微側，靠近正掏著的耳朵那半面五官縮在一起，讓人直接感覺到他正享受著隨耳括子輕巧移動，耳朵深處得到的暢快感受。而伸腰者仰著頭隨哈欠將手向外推送，雖然看不到面部表情，但光由姿態，就能讓人想起從筋骨獲得伸展的舒適。

李松林 人生四暢──掏耳
1987 37×21×18 公分

畫意・集錦 郎靜山

1892~1995

郎靜山　曉風殘月　1945

曉風殘月

郎靜山，浙江蘭谿人，十二歲初習攝影，曾是中國最早的攝影記者，與上海同好發起攝影團體「華社」。一九三四年，他開風氣之先，寓畫於影，運用多張底片的局部，創作出富含逸趣的集錦作品，在中國攝影萌芽之初，寫下中西交融的攝影新頁。

他認為一件攝影作品往往不能每個細節盡如人意，而導致全張俱廢，「若集合各底片之良好部份，予以適宜之接合，則相得益彰，非獨可使廢片景物化為理想之境地，且足令人得更深之趣味。」他還說：「西諺有云：『藝術可以補救天然之不足』，我作集錦照相就是希望以最寫實，最傳「真」的攝影工具，融合我國固有的畫理，以一種『善』意的理念，實用的價值，創造出一種具有『美』感，而令人感動的作品。」

在郎靜山最具代表性且在視覺藝術上較為成功的集錦照相，基本上是以山水為母題，構圖簡單的畫意風景。郎靜山在發表的〈集錦簡說〉中，闡述集錦照相命名的由來。「靜山集錦照相，以中國畫理為詣歸，採用COMPOSITE之西方集錦之名……。」郎靜山說「人體」和「人像」是攝影家所普遍喜愛的對象，但是他卻對「風景」有所偏愛，即使景中有「人」，也只是點景而已。換言之郎靜山之所以創集錦照相，是為了成就山水風景。「曉風殘月」就是一幀符合中國繪畫立軸的三疊式展演觀點的畫意影像。

祖國山河系列

日人全面侵華後，無數的機關與學校、家庭及個人，不得不向大後方移動徙流。這是時代對中國百姓的一種試煉，不僅改變了人民真實的生活，更牽動了民族的情感。個人被迫走向遠方，地域的疆界由此打破。

郎靜山在抗戰時期，攜眷撤退大後方，足跡遍歷了祖國山河，拍攝了一系列質量可觀的風景作品，他的格局在亂世中為時代撐展開來，這些風景照片不再囿於文人的淺遊山水，或停滯於沙龍似的風景。這時期近千張的山河風光原版底片，今天成為郎靜山檔案中最具歷史意義的作品，「都江堰上索橋」就是其中一張。

父女各為不同的意識型態政權效忠

郎靜山一共有十五個子女，與元配間的子女皆留在大陸。隨國民政府來台後，一九五○年七月，郎靜山成為總政治部設計指導委員會的兼任委員。往後，他還成為政治作戰計劃委員會的委員。打了整整三年的朝鮮半島戰爭，美、中、朝總計人員死傷近二百萬人，三方終於在一九五三年七月二十七日簽署了停戰協議書。

郎靜山滯留大陸的次女郎毓秀以中國文代會代表的身分，於一九五三年夏天赴朝鮮慰問中國人民志願軍，而郎靜山卻在台灣為國民黨軍的反共政治號召，擬標語教則。在那個時代兄弟、父子各為不同的意識型態政權效忠，有時真是身不由己，命運如是安排。郎靜山與女兒一別三十三年，一九八一年父女於美國加州重逢時，那時他已是九十歲的老人了。

郎靜山　都江堰　上索橋

開創中西交融攝影新頁的郎靜山

鄧南光　酒室風情　1950年代

酒室風情

＊五、六〇年代沒有電視或卡拉ＯＫ，都會男性的夜生活去處是酒家。他們在那兒消遣、交際或談正事，而酒家女郎的溫柔相伴或熱絡對飲，除了助興，似乎也短暫慰藉了彼此的生活壓抑與失落。當時攝影團體辦的「人像攝影」活動或比賽很難找到模特兒，社會風氣的保守令許多女孩不願公然亮相，酒家女郎是最普遍的邀約對象。因地緣關係，鄧南光與張才、李鳴鵰「攝影三劍客」當時是酒家的常客，「東雲閣」、「黑美人」、「五月花」、「白玉樓」、「上林花」等有名的酒家，大都集中在延平北路上。而「梅林酒家」則位於南京西路圓環路口上，老闆也是攝影迷。鄧南光在戶外公開攝影活動外，他更想探究這些酒家女郎生活與工作中的況味，因為在生活場域的自然對望中，人性更能顯現真摯動人的一瞥，鄧南光常到「梅林酒家」喝酒，並拿起相機記錄，酒家的風情形色儲存在他的底片中未曾曝光，一直到八〇年代末才逐一顯影。

鄧南光戰前拍攝的太平町（延平北碲）街景速寫系列，表現當時的酒家女郎婀娜多姿的走在街上，表現出運行中的形體風味；戰後的「酒室風情」系列則將她們還原至職場中的生存樣貌，流露著靜觀中的精神狀態。在這些狀態中，我們彷彿體驗到都會男子中年之後某一種心情與生理的抒發，更看到生命的浪漫情、滄桑味與依戀感寫在彼此的容顏上。

時代的影窗・變遷的容顏

鄧南光，一生的攝影人，在行腳與暗箱中顯像記憶裡的年代風景，北埔鄉情、東瀛寫真、台北況味……他在城鄉間尋覓一種真情流露的生活氛圍，家族留影、肖像紀實、庶民速寫……他的鏡頭流連於溫煦與苦澀，浪漫且落寞的幽遠情懷。四十多年的攝影生涯，留下六千多張底片，他以相機書寫自己的生命史，並勉力推行影事，提攜後進，靜靜撐持了台灣世代的攝影文化。他真摯、迷人的時代影窗，記錄了世代與族群的變遷容顏，也展現了一位前瞻、睿智的

鄧南光

張才

李鳴鵰

攝影人風範。

攝影三劍客

台灣光復後第二年，鄧南光從北埔返回台北在衡陽路開設「南光照相器材行」，張才從上海回到台北在延平北路開設「影心照相館」，李鳴鵰自廣東返台在衡陽路設立「中美行」照相材料店。在一九四六年，三位攝影家兼業者不期而遇在台北，形成台灣攝影史上的鐵三角。他們三人同是台北照相器材公會理事，並於一九五二年起定期舉辦「台北攝影沙龍」，由他們三人擔任評審長達十年之久。同時，他們還參與定期討論、演講與展覽。當時台北上演「三劍客」電影，「攝影三劍客」之名，遂成為他們三位台灣早期攝影家最佳的歷史代號。

鄧南光　酒室風情　1950年代

張才　大眾爺遊境行列中的虎爺　1949　台北新莊

新莊大眾爺遊境行列中的虎爺

＊一九四九年舊曆五月初一，台北新莊大眾爺「遊境」的隊伍在田間小徑蜿蜒前行，好似神祇們的人間劇場。范將軍款款大步，走起路來虎虎生風，是那樣的神氣。一字排開的八家將，猙獰的臉孔後面，有種巨大肅靜的力量，時間都凝結了。虎爺背後的小童們，頭戴竹編的高帽，隨意套上不合身的長衫。他們或許吟唱著鄉野俚歌，或只是純真的歡笑著，雖然我們聽不到那聲音，但聲音就這樣被奇妙的收納在影像中。

在這組張才「新莊大眾爺遊境系列」中，除了虎爺、范將軍、八家將、陰陽判官外，那一張張看似陌生，其實熟悉的臉孔，正是張才鏡頭下來自五湖四海個性鮮明的台灣庶民。在心眼觸動的那一剎那，正面對決的貼近人群，在沸騰的空氣中，擁擠的人流裡，這樣的人物快拍，要有過人的氣概及敏捷的臨場對應能力。

日治時期，台灣文化啟蒙運動的菁英們，排斥民間的迎神賽會、地方戲劇，認為是迷信，是統治者採用鼓勵的愚民政策。張才卻沒有文化高低之見，他用一種正面平實的手法貼近事物，用攝影回應庶民真實需求，將庶民們辛苦勞作之餘，藉婚喪節慶，演戲酬神來享受狂宴，流露感情的內在真相，一一顯影。於是隨著張才的鏡頭，我們走進歷史的河流，走進新莊大眾爺遊境，走進三峽殺豬公大拜拜，走進蘭嶼大船下水式前夕殺山豬的現場；看到一張張庶民的容顏，在看似不動聲色如質木無文的作品中，對我們作超越時空的凝視。

他的鏡頭‧我的觀看

攝影有自己的生命特性，他是生命力生猛的創作活動。結合肉身，光學鏡頭，機械操作，一顆敏於面對事物的心靈。他不止於延長、改變人類的視覺空間，他還創造了人類嶄新的對抗時間的劃時代複製影像。一張張時間化石的切片，被神奇的擷取下來，再被重生。

張才熱愛照相，對他而言，攝影不是日記，不是每天非拍不可；他的個性單直，富同情心、敏感，易受刺激；對他來說，攝影是「卡輕鬆啦！」「卡無目的」「沒有想那麼深」、「你就把他拍下來」。正因為他是如此素樸的看待攝影，反而讓我們深刻看到，就在我們身邊、家中的親人，生活周遭的平常百姓，街巷中上演的人生百態，無一不是我們生活中的一部分縮影。

新劇‧影心‧寫真

一九一六年生於台北大稻埕的張才，九歲喪父，唯一的兄長張維賢是歷史上「台灣新劇第一人」。一九二四年張維賢

張才　我的大哥與詩人楊雲萍　1935　台北士林

與王井泉、陳奇珍等成立「星光演劇研究會」，曾公演多次，一九三〇年成立「民烽演劇研究會」。因張維賢的關係，張才在少年時期，即隨「民烽」活動，並在十九歲赴日學習攝影，留日期間，受「新興寫實」的影響，作品中對社會現狀、對人、對物要求精確描寫，細節亦強調寫實客觀，帶著強烈的批判精神，使張才作品，不論是早年的上海系列、返台定居後的庶民系列、原住民系列，都貫穿著真摯的情感。

張才　排灣族勇士　1940年代　屏東三地門

時光・點描 李鳴鵰
1922~

李鳴鵰　牧羊童　1947　台北新店溪畔

牧羊童

一九四八年，李鳴鵰（左二）與日月潭毛酋長（左三）及二位公主合影。

＊以李鳴鵰最為人所熟悉、喜愛的作品「牧羊童」為例，可以說明為什麼將李鳴鵰歸列於寫實主義隊伍是一種因襲的誤解。這仿彿是一部懷舊黑白老照片的經典劇照。眼尖的人應該注意到，被牧羊童攬拉著項圈的羊兒抗拒，年長少年與黑羊足蹄遲滯，平視遠方的臉部表情是一種羞澀的作態。羊兒因迷惑而不安，少年因為演出而僵立。是右一那位有著陽光燦爛地笑容的小牧童的自然演出，點活了這幅田園水岸畫意風景。

其實，三位牧羊童早於拍攝當下，已從那段鵝卵石堤岸走出「牧羊童」的畫框外；是因為攝影者李鳴鵰將小童們喚回並囑託，三位小童才領著羊兒重新走回李鳴鵰框好的畫面裡，是在再來一次時李鳴鵰才按下了快門。這不是一件在第一時間裡捉拍的，不是一件非演出的作品。因為有好事者將李鳴鵰與鄧南光、張才並稱「三劍客」，眾人便因襲將他列於寫實主義的行伍之中。

擅長畫面的構成與剪裁

鄧南光的作品韻緻溫文優雅，張才則炎炎烈烈直面社會與人物。李鳴鵰常被問到他被尊為台灣攝影的三劍客之一有什麼樣的想法時，喬列巨匠之林，他謙虛回答：「池中無魚，才能讓他這尾小魚猖鬚。」

李鳴鵰的內在精神世界總是在避免衝突，要他與人事物正面對決，不是他的個性。因此寫實主義攝影自然不是他的最佳選擇，他擅長的是畫面的構成與剪裁。李鳴鵰初始也用Leica小型相機，在遭到被攝者拒絕，甚至被人斥責後，他

便改用Rolleifle 120相機。他經常將光圈設定在f/11或f/16，快門總要在1/100秒或更快，看到想要的畫面時，他左手調焦右手放在快門鈕上，不用俯看相機觀景窗，在未為人們察覺中，按下快門。有時，他甚至將相機掛在單車把手上，悄悄地完成拍攝。

李鳴鵰的朋友們都稱呼他為Rollei李，但他所完成的作品卻少有正方型構圖的畫面，絕大多數作品在印放階段都經過了他的裁剪與再構成。「鄉間一景」就是一幀經過裁剪的作品。

「鄉土沙龍」的先行者

桃園大溪人的李鳴鵰，善於攝影及經商。戰後迅速崛起於台北照相材料業界，七○年代，更將旗下貿易事業拓展至香港、日本。一生最具代表性的作品，是一九四七至五○年，用心經營構圖剪裁，光影造型美感自成風格，表達

人間美善的田園及庶民生活影像。由於作品風格的中性化及謙虛的個性，李鳴鵰並不熱衷傳承自己的攝影信念，亦不曾收過學生，但樂於幫助年輕人，曾二話不說，提供後輩攝影師材料相紙、巡迴展出，及報紙廣告宣傳等費用。

台灣的業餘攝影藝術活動，「鄉土攝影」始終是非常重要的類別之一，也常為人誤解成「鄉土寫實攝影」，客觀地閱讀後，我們將其稱為「鄉土沙龍」，較為準確。「牧羊童」這幀經典巨作，正是台灣「鄉土沙龍」攝影的初始源頭之一。

李鳴鵰　鄉村一景 1947

五十位前輩美術家語錄

《家庭美術館──美術家傳記叢書》出版的意義，在於累積前人的智慧，呈現豐美的藝術表現，以及彰顯前輩為理想而奮發的情操，以便做好美術文化的接力傳承。

細心的讀者會發現，傳記中的主角經常以親切的言語，述說許多我們可以理解可以學習的寶貴經驗，彷彿前輩美術家就是阿公阿媽，經常在鼓勵我們叮嚀我們⋯⋯⋯。

由於前輩與我們有相似的生活環境與人文背景，可以說彼此的關係比較密切，因此其思維與表現比較能啟發我們，甚至引發共鳴心或生起強盛的學習心。

一、書法類──
于右任、曹秋圃、臺靜農、陳雲程

于右任（1879～1964）

●我最初學魏碑與漢碑，後發現了廣武將軍碑，認為眾美皆備，即一心深研極究，臨寫不輟，得大受用，由是漸變作風⋯⋯。《草書・美髯　于右任》P.81

●不信青春喚不回，不容青史盡成灰。低徊海上成功宴，萬里江山酒一杯。《草書・美髯　于右任》P.132

●葬我於高山之上兮，望我大陸。大陸不可見兮，只有痛哭。葬我於高山之上兮，望我故鄉。故鄉不可見兮，永不能忘。天蒼蒼，野茫茫。山之上，有國殤。《草書・美髯　于右任》P.144

曹秋圃（1895～1993）

●書道之為道，學之不難，卒業為難，卒業得有生氣而品高者為尤難。古人謂十年讀書，必十年養氣；余謂攻書道者當倍之。所謂妙品入神之書，使千百年後披閱之，如晤對其人，令人正襟起敬，非尊其爵位之隆，慕其勳名之盛，實其氣骨，其神韻躍然紙上，有足感人者。非善養其氣、善悟其神者，萬不能至於是。《書禪・厚實　曹秋圃》P.140

●練字，說來真是辛苦囉！經常從入夜寫到天明。寫得指尖出血作繭；也真虧那時年輕，有那麼一股傻勁。⋯⋯有人問我，早年習字是臨摹什麼字帖；這個，我已記不得了。不過，我還記住那時似乎很少臨專門的帖；都是拿起筆就寫；有什麼字就臨什麼字；久而久之，各個字體的結構和筆法運走，自然就體悟在心了。《書禪・厚實　曹秋圃》P.145

●書寫時，不得稍存急躁，必須心平氣和，全神貫注，一個字、一個字的寫。若是稍有差誤，寫壞了，那麼整幅紙就報銷了，咱哪承擔得了。《書禪・厚實　曹秋圃》P.145

臺靜農（1902～1990）

●書之點畫，即畫之筆墨，書之縱筆揮灑，與畫之運奇布巧，兩者並無二致。《沈鬱・勁拔　臺靜農》P.108

●民族文化應該如長江大河，永遠的波濤壯闊不息的前進，若凝滯不前，便成溝澮，終有枯竭的一天。我不是國粹主義者，說什麼都是自家的好，但祖先既然留下了好的遺產，我們得承受發揚，能有自己民族的色彩與精神，站在人家面前，才可以抬起頭來。《沈鬱・勁拔　臺靜農》P.157

●凡是人類智慧的結晶，終必會越過時空的侷限，達到人類共同的喜悅，書的藝術自不例外。至於如何迎接人類共同的喜悅，要看青年書藝家的修養與努力了。我以為從事此道必要有先天的才性與後天的功力及博識，所

謂博識是包括畫藝以外的藝術的知識。《沈鬱‧勁拔　臺靜農》封底

陳雲程（1906～）

●書道本是中華民族獨特的華夏之美，而今日式微，黯淡無光，反而被昔日視為夷狄的日、韓奉為圭臬，如花道、茶道、柔道、劍道及棋道，宗主國反而要折腰請教。《草書‧狂雲　陳雲程》P.77

●所有範本，必備「繼往開來」、「承先啓後」之濃厚意味。於文於字，作者都不敢放肆將個性發揮，恐謬傳做惡例，是尊重傳統。又恐後學食古不化，固守傳統不敢創新標異。更恐創新過於丑怪，遠離傳統。於此兩難。《草書‧狂雲　陳雲程》P.79

●人有通病，稍有成就即喜為人師，而今為師者比比皆是，但是尋找良師益友比求美人更難，甚至學生比先生更美，昔日有一生上京赴考，考上一甲進士御點狀元，返鄉拜師，為師又喜又愧，百感咸生，竟出一對子恭維之曰：「眉先生，鬚後生，先生不得後生長」，新科狀元少年得志，意氣如虹，毫不保留，直對之約：「目朱子，鼻孔子，朱子反為孔子上」……青出於藍而勝於藍，冰生於水而寒於水，此之謂也。《草書‧狂雲　陳雲程》P.80

●一滴水只有將它放進大海之中，它終能永遠不乾不枯；一個人只有將全部精神體力投入藝術之中，融合一體，汝才能共藝術品永遠不死，永久生存。《草書‧狂雲‧陳雲程》P.81

●書家除苦練書技及審美之外，更須勤讀聖賢書，修養高尚人格，以天人合一之作品接受時間及空間的嚴格淘汰，才有繼往開來的書品以傳世不朽。其道統之開拓是無始無終的，完成是由歷史家評定，自己不知其終點。《草書‧狂雲　陳雲程》P.81

●寫字一事名詞不一。中國人稱「書法」、日人「書道」、韓人「書藝」，亦有「書學」稱之。據《周禮》，

「書」位在禮、樂、射、御、書、數六藝之一，東方固有文化藝術，與西方觀念不同，亦應入藝。對日本而言，早以毛筆寫漢字，無疑為藝術視之。但終戰後日本整體變相，連學校習字課都參予法西斯主義教育，字數縮少，又字形簡化，結果實用文字用硬筆，觀賞文字才用毛筆，完全分路。所以藝術的文字呈現原始象形之前衛派出現，風行所至以為藝術，弄成丑怪姿態，甚至認不清文字原本意義者有之。謂踏上國際藝壇自誇，將字倒懸觀賞，亦心滿意足。

●綜合以上雖一孔之見，可謂「書法」為寫好字之方法，形而下之科學作為，以硬筆寫實用字。「書道」：用毛筆寫為修身養性之形而上哲學作為。及「書藝」：為稱心悅目而製作藝品。「書學」：即專為研鑽學術之作為而歸類。雖管見也不中不遠，如細數論斷，殊有難分難解之處，勉強以此陋見定之。《草書‧狂雲　陳雲程》P.94

●人生的際遇實在難料。原先寫字只是為了興趣，臨了亂世卻成了謀生的工具。到了晚年，書法倒成為生活的寄託了！《草書‧狂雲　陳雲程》P.117

●「廟若興，深山林內嘛有人拜」（台語俗諺，一間廟如果興旺，就算位居深山之中也有人朝拜。意謂人若有實力，不患人之不己知，實不必自誇）《草書‧狂雲　陳雲程》P.131

二、水墨類──
溥心畬、黃君璧、張大千、余承堯、沈耀初、傅狷夫、陳其寬、江兆申

溥心畬（1896～1963）

●（我）畫畫不及習書法用功之專，以書法作畫，畫自易工，以其餘事，故工拙亦不自計。《王孫‧逸士‧溥心畬》P.158

黃君璧（1898～1991）

●年輕的時候學習國畫，不能不從多方面的臨摹開始；因為，唯有參透了古人作畫的奧秘，日後才能夠創造出高妙的佳作。《飛瀑・煙雲　黃君璧》P.18

●古畫當中，包含了各式各樣的筆法，比如牛毛皴、披麻皴、斧劈皴、解索皴等等；其實古人並不是憑空杜撰的，這些筆法在三峽的自然風景裡，全部都找得到啊！《飛瀑・煙雲　黃君璧》P.34

●嘉陵江的境界實在太豐富了，論石頭的怪奇、流水與霧氣的變化，此地絕對夠資格號稱第一。我畫山水，得力最多的便是嘉陵江了。《飛瀑・煙雲　黃君璧》P.48

●我頭腦簡單，只知道畫畫，那裡有什麼智慧可言？我是最平凡的了。《飛瀑・煙雲　黃君璧》P.64

●人生七十才開始嘛，所以現在我才算開始作畫。而且在有生之年，都會持續地創作，為藝術而努力不懈！《飛瀑・煙雲　黃君璧》P.69

●做人最重要的是，時時刻刻心存開闊的人生觀和藝術修養，並且與世無爭。你看，我在院子的牆上題了「靜觀自得」四個大字，就是要隨時提醒自己心平氣和，凡事慢慢想，總會有所領悟的。《飛瀑・煙雲　黃君璧》P.117

●生命在於充實，不在於繁。該用的用，該省的省，一切簡單最好啊！《飛瀑・煙雲　黃君璧》P.125

●身為畫家，我只能以藝術來貢獻一己之力，幫助孤老貧弱。不敢說一定成功，但心裡實在感到安慰、高興……。《飛瀑・煙雲　黃君璧》P.126

●我還是不服老呢！只要有一管在握，我將繼續地求新、求變……。《飛瀑・煙雲　黃君璧》P.134

●信手揮灑確實要比周詳經營、落筆嚴謹更難，效果也會更好，繪畫中的「神品」便是指這類作品。但畫家需要有非常好的修養才行，我也時常想要創作有空靈感的作品，只是由於天分不足，沒法做到而已。《飛瀑・煙雲　黃君璧》P.136

●我畫的水與雲是前人所沒有的。我所畫的瀑布的水是會動的水，前人畫水只是用線條勾勒。我所畫的雲也與前人不同，是會動的。前人沒有這樣的表現法。《飛瀑・煙雲　黃君璧》P.140

張大千（1899～1983）

●臨畫如讀書，如習碑帖，幾曾有不讀書而能「文」的，不習碑帖而善書者。《雲山・潑墨　張大千》P.28

●有時畫固然要描繪現實，表現現實，但也不能太顧現實，這其間如何取捨，就憑畫家的思想與功夫了。《雲山・潑墨　張大千》P.84

●我所有的僅是幾支羊毛筆，我就是靠手中的筆玩弄乾坤，為中國藝術在海外打天下。《雲山・潑墨　張大千》P.92

余承堯（1898～1993）

●音樂、書法、美術與文學都有關連。所以想從事音樂、美術、書法的學習，首先，要多讀書。書很多都很有趣，像《左傳》、《戰國策》、《國語》、《史記》、《漢書》等，既寫實，文字又優美，仔細讀可以得到很多東西。《隱士・才情　余承堯》P.73

●花鳥畫太簡單，沒法子讓人做畫藝上的追求。山水畫應該大可發揮，由山腳到山頂，每一座山都有無窮的變化，複雜至極。《隱士・才情　余承堯》P.76

●（山石）有的是由岩石一塊塊的堆疊而成，有的是天生的巨大山石，種類很多，凹凸紋理變化也多，千萬不可畫得平平板板。古代常有人把它作留白處理，就是未

經深刻觀察的結果。《隱士・才情　余承堯》P.138

●山上有樹木的生長和依附，才會美麗、有生機。樹木有一叢叢聚生，也有單株羅列，怎麼畫才恰到好處，全看自己的掌握。《隱士・才情　余承堯》P.141

●流水在山中是細細清清的，直到它流到山腳下，才能看得清楚。我曾在故宮看過古代畫家的作品，他們不曉得賦予山真實的岩層結構，而且他們的水也沒有大自然裡瀑布的流動力量。你一定得仔細研究分析水從高峰流下的樣子。雖然不能每一吋都看得到，但它必然是相連的，出自一個源頭的。《隱士・才情　余承堯》P.144

●唐白居易說得好，文章為時而著、詩歌為事而作……凡是寫作或歌吟，都不能離開時代……我想文章與詩歌的寫作，既是如此，繪畫也應該如此。《隱士・才情　余承堯》P.166

●繪畫要為真而寫，纔能得其真髓。唯其真，纔能徹底瞭解，纔能表達極高智慧、靈感，有清清楚楚地描繪，結結實實地創作，不株守故有常規，技法自然，領略自然，具備形象，擴大觀念領域，如此便不為過去成物所束縛、拘牽，章法囿限，自自由由地，意之所向，構想、造型皆可隨心所欲，而成就尺幅千里之圖畫。《隱士・才情　余承堯》P.172

沈耀初（1907～1990）

●我是一個笨人，從來沒有畫過一張好畫。《野趣・摯情　沈耀初》P.12

●因臨摹才明晰法理，並吸取前人之精華。《野趣・摯情　沈耀初》P.101

●藝術家把自己投射到大自然中，給自然灌注生氣，給對象賦予藝術家自己的靈魂與心情，這才是真正的審美創作。《野趣・摯情　沈耀初》P.108

●我是愈畫愈糊塗了，原來三筆，現在只用二筆了。《野趣・摯情　沈耀初》P.124

●創作不是一朝一夕可以完成，我早期的畫，受傳統的束縛太深，不敢放筆，看起來幼稚，但也有好處。晚近的畫有偷工減料之嫌，但比較自由簡化，和初中期比起，各有好處。《野趣・摯情　沈耀初》P.130

傅狷夫（1910～）

●正是因為我曾經徬徨在古今諸家的書法中，有過或長或短的一番醉心潛習，漸漸對各家的筆意有所體悟瞭解，對營造自己書法的基礎，有料想不到的助益。《雲濤・雙絕　傅狷夫》P.15

●例如桂林山石的突兀奇峭，嘉陵江的蜿蜒清朗，長江的急流險灘，三峽諸峰的蕭森峻拔，自然妙造使我的筆墨隨著內心感受而大有改變，更加體會到范寬所說「師古人不如師造化」和石濤所說「搜盡奇峰打草稿」等名言的內涵。《雲濤・雙絕　傅狷夫》P.38

●併上諸家，惜皆無遺跡傳世，不容參證，惟自宋元而後之畫水作品觀之，無論湏（ㄏㄨㄥˋ）洞滎滎，沸涌湍洑，悉以線條表其狀貌，即所謂鉤勒法也。《雲濤・雙絕　傅狷夫》P.66

●所謂漬，就是顏色要吃進紙裡，不是浮在表面。畫水的訣竅只有多看，去體會水的流動，光在紙上磨蹭是不夠的。《雲濤・雙絕　傅狷夫》P.66

●觀察自然所獲的啟示，我發現用線條的表達，絕對不能畫出驚濤拍岸的狀貌，於是我以適當的留白與曲盡其致的點漬，驅使波濤奔來眼底，這種畫法，可以施之於任何水態，對險灘及亂流，效果尤佳。《雲濤・雙絕　傅狷夫》P.72

●裂罅皴是由馬牙皴、斧劈皴變化而成，中央山脈與橫貫公路之大理石紋理，質堅形玄，有若萬片瓦罅之裂紋。《雲濤・雙絕　傅狷夫》P.78

●在西洋畫的衝擊下，中國水墨畫一定會受到影響。例如西洋畫的比例、透視，甚至光影和色彩都可以加進國

畫的創作中，至於運用的是否適當，就要靠作者的智慧，無法一概而論了。《雲濤‧雙絕　傅狷夫》P.98

●我對於國畫的仿古與時史為師，都不反對，因為要與古人並駕或與時史爭恆，都得下一番苦功。《雲濤‧雙絕　傅狷夫》P.98

●有些人認為致力書畫，是道途遙遠的艱辛事業，可能少而習之，白首無成，我卻不管這些，因為我本來就生無大志，以平凡自喜，是否有成就對我來說並不重要，「喜歡」最最要緊，因此我數十年來樂此不疲。《雲濤‧雙絕　傅狷夫》P.112

●一個畫畫的人，如果把畫當作消遣，或者玩票，那就另當別論。如果把畫做為研究，則需「心、手、眼並用」。即是眼要觀八方，觀察各種自然界的變化，但是光用眼觀察還不夠，必須用心觀察，才能心領神會，然後動手畫，把所觀察領會到的好景物用筆墨表達出來，但是僅僅能表達還是不夠的，還需要思考，這是因為觀察的景物未必完全適合在畫中表達，所以加以思考與取捨，才能達到比較完美的境界。《雲濤‧雙絕　傅狷夫》P.115

●有一次，畫得實在苦悶，頗多感想，畫成後曾題句云：「縱恣云何易，謹嚴亦復艱，臨將惶惑意，歷亂畫秋山。」所以我畫了五十多年，從不認為自己是什麼畫家或書家，僅僅浪跡藝壇罷了。《雲濤‧雙絕　傅狷夫》P.124

●和西畫家一樣，我非常注重寫生，因在寫生中會使你的筆墨轉變，假如畫家一天到晚在家閉門造車，憑自己想像作畫，絕不可能有新的創意出現。《雲濤‧雙絕　傅狷夫》P.138

●我作畫時，往往剪裁實境，也經營意境，其用心之處，都不外乎期望臻於完善。《雲濤‧雙絕　傅狷夫》P.138

●「先思考隨興會」，前者（先思考）是畫巨幅的或有題意的，那就先要沉思默想一番，有了腹稿，然後落筆可免中途發生問題；後者（隨興會）是興會來臨，即行落墨，隨想隨畫，適可而止，一氣呵成。《雲濤‧雙絕　傅狷夫》P.144

●藝術創作之路，既無界限，又無標準，肯定是由別人來評斷，每一位藝術工作者均有品味，希望別人都能認同與讚賞，是不大可能的事。《雲濤‧雙絕　傅狷夫》P.168

江兆申（1925～1996）

●寫字最重要的是要緊緊追著一種字帖寫，要寫到完全一樣。完全一樣，就表示他會的你也都會了，別種字帖來了，也就可以掌握其中的特色。《文人‧四絕　江兆申》P.54

●如果喜歡繪畫，可以照自己的選擇去畫，照自己的喜好去畫，不必太遷就欣賞者的胃口。其次，若進一步能作詩寫字或者成為詩人書家當然更好，因為練字是畫家訓練手的最好方法。而作詩的條件，是要抓得住「情」與「景」，要「情景交融」，這又是畫家們訓練腦的最好方法。手經過訓練，他的筆墨才有深趣；腦經過訓練，他的取景造境才有感性，才有深度；心中坦蕩，可以不矜持、不偽飾，自適其性之所宜而不用其所短。《文人‧四絕　江兆申》P.91

●我沒有為繪畫生多少名山向道之心，也沒有為自己設下期望畫得一定要有多好，我只是慢慢的畫，畫不好仍然繼續慢慢的畫，便像一道淡淡的蝸涎，緩緩的橫過階隙。——其實再想想，我一生的遭遇也莫不如此，又何僅是繪畫。《文人‧四絕　江兆申》P.98

●沒有天才，絕對不能成為一個好的藝術家，可是只有天才而不努力，也不可能會成為一個畫家。但只有努力而沒有天才，那只能達到某一種境界，一個藝術家是一生下來就已經決定了他會成為一個什麼樣的藝術家。上天對一個藝術家是很嚴苛的，一個時代裡要出現一個真正偉大的藝術家都是很難的。《文人‧四絕　江兆申》P.140

●畫家到了最後，還是要從真山真水去尋找他的養分。《文人‧四絕　江兆申》P.140

●一個畫家畫了一陣子後就要休息，不畫有時比畫還要

重要。《文人‧四絕‧江兆申》P.140

●畫畫要有古人的技巧，有了古人的技巧之後才能創新，有技巧而不能創新是泥古，沒有古人的技巧而想創新是瞎大。你要先把古人的那套東西搞清楚，古人的東西已經建立了一套完整的系統在那裡，你只要去學、去了解，就可以在創新的過程中省去許多摸索的功夫。《文人‧四絕　江兆申》P.141

●當你去一個地方遊玩，回來想要畫畫的時候，你一定會有一些感覺，讓你可以感受當時旅遊的情緒和心情，然後會有一個意念在心中形成，這就是意境，就是最後從筆墨出來，經營結構、加上色彩之後，整張畫最後給人的整體感覺。《文人‧四絕　江兆申》P.141

要把畫畫好，要有思想也要有體力。《文人‧四絕　江兆申》P.141

●畫畫一定要多觀察，觀察大自然的一切，所以現在的人會說要畫畫就得寫生，但這並不全對，畫畫並不是寫生，寫生也並不等於畫畫，寫生是把所見的一切很忠實的畫出來，但畫畫是有選擇的，你所看的並不見得就是最美的，古書上說，樹有三面，其實樹何止三面，我看樹是十面都不止，那麼這十面並不是每一面都是美的，那怎麼辦，你可以把美的那一面轉過來，有時候也不見得要畫美的一面，如果每一棵樹都很美，那就分不出那一棵最美，這時候如果在很多醜的樹當中畫一棵美的樹，那大家都會覺得它美。《文人‧四絕　江兆申》P.141

陳其寬（1921～）

●東海校園是以中國園林的概念來設計，內斂又含蓄，無法一眼看穿，也不是一個景就能涵蓋，必須要在裡面「遊」才能體會出它的變化。行政大樓一樓挑空，是進入校園的一個最初意象，迎面而來的那道牆，欲拒還迎，原來繞到旁邊後，裡面是一個院子，還可看到遠處的圖書館，可是並不知道再往上走還有一條林蔭大道，等快

到文理大道時，兩旁的院落錯置其間，展現親切自然的空間變化。《空間‧造境　陳其寬》P.71

●那四不像，正是新建築的誕生。（陳其寬對東海大學第一屆的畢業生批評東海大學說：「學校的建築，不中、不西、不日。」時的回應話語。）《空間‧造境　陳其寬》p.71

●這個「堪腦依」雙曲面，弧度優美，若能以薄殼建築來做，教堂（路思義）一定會變得更加輕盈飛揚。《空間‧造境　陳其寬》P.71

●我們生活在高科技文明的二十世紀中，今天所看到的事物，已經不再是我們肉眼所看到的範圍了。因為科學上發明「物眼」已把我們的視野拓展到無窮。更由於科學上的發明、工業上的成就、社會的驟變、生活的繁雜，使我們的感官、心靈也起了變化。因之「物眼」的看法也就不同了。所以，在我的繪畫歷程裡，我是提供一些以前傳統國畫所不具有的意境與看法，一些可以代表現代藝術的意境與看法。《空間‧造境‧陳其寬》封底

水墨‧膠彩類──林玉山

林玉山（1907～2004）

●寫生是繪畫的重要基礎，同時也是作畫的過程工作。有堅實的寫生經驗才能胸有成竹，包羅萬象，由造化中採擷生機和無盡的資源，為創作時的基石。寫生的意義是一種科學的探討自然，了解自然，經過視覺、知覺、感覺的意識層次，而達到物我兩忘，所謂天人合一的修養工夫。《自然‧寫生　林玉山》P.110

膠彩類──陳進、郭雪湖、林之助

陳進（1907～1998）

●畫佛像圖是我這一生絕對賦予感激的重大機緣。《閨秀·時代　陳進》P.142

郭雪湖（1908～）

●一幅理想的畫必須具有四性，一、個性；二、創造性；三、地方性；四、民族性。如一味因襲守舊，不能創造，不能發揮特性，其不能進步當是意中事了。同時現在社會對於領略美術的程度不齊，因此也影響畫家不敢創造意境太高的圖畫。……今後改進之道在於培植美術人才，喚起社會對美術的興趣，建立美術館、使畫家們多有展覽觀摩的機會。《四季·彩妍　郭雪湖》P.80

●我的繪畫生涯，幾乎都從痛苦的失敗中得到經驗，以及從不斷的摸索中悟道。多少次，我畫不成，以至於毀色料、撕畫紙。太太和六個子女也為我掙扎，蒙受莫大的壓力。但是藝術是莊嚴的事業，人老，畫要新，八十歲的我，依然懷抱著六十年前畫「圓山附近」的心情。《四季·彩妍　郭雪湖》P.144

●說畫圖有天才是騙人，愛畫就是天才。《四季·彩妍　郭雪湖》P.146

●畫家都是瘋子，不瘋畫不出好畫。《四季·彩妍　郭雪湖》P.146

林之助（1917～）

●在咖啡館的時光，是個精神休息的狀態，對於創作者而言，是必要的。《膠彩·雅韻　林之助》P.27

●儘管兒玉老師平日鮮少過問個人的創作情形，但是進入畫塾的門生們比起美校學生，在心態上、人生目標上，都是更加明確想要成為專業畫家的人。因此畫塾內一切講求自動自發，每個人都要靠自己拼命、一直拼才可以。《膠彩·雅韻　林之助》P.34

●隨著參賽送件截止日越來越接近，變得連細細品味畫面的餘閒也沒有，只是一味忙著完成，這是件令人感到很不好意思的事情。但是我自己在創作上，始終未曾產生過諂媚大眾的不純心情。就一個創作者而言，在無意識當中不斷保有如此心情，是件當然之舉。而這也是我個人向來感到值得誇耀之處。今後我將永遠保持這份誇耀，向諸位前輩請教討益，為台灣美術界盡一份微薄之力。《膠彩·雅韻　林之助》P.57

●引起學生對於美的認識，具有新觀念，進而培養學生對造形的創作與興趣，以提高其生活修養，使學生有廣泛欣賞與研究的機會，以培養其愛美的情操，充實學生對於美的認識，了解世界美術思潮，激發其創作的精神以美化日常生活。《膠彩·雅韻　林之助》P.74

●繪畫無論水彩、油畫、膠彩，事實上只是表現形式不同而已，藝術最重要的是表現內在特質。要畫一樣東西，必得關愛它，和它一起生活；不僅了解其構造，更須發掘、傳達它的特質。水墨與膠彩，各有其高妙之處；只能依性情有所選擇，而沒有高下之分。《膠彩·雅韻　林之助》P.127

●中國傳統礦物性顏料的特色是強烈有穩定，年代愈久越有深沉的韻味，且永不褪色。這樣的優點值得發揚，這或許是膠彩畫一直沒有摒棄這種天然顏料的原因之一吧。《膠彩·雅韻　林之助》P.128

●膠水必須控制事宜。一遇冬天寒冷，膠水常會結凍變硬，無法作畫，所以總是準備著小火爐，一面將膠水溫在溫水，一面畫畫哩……。《膠彩·雅韻　林之助》P.128

●我相當喜歡花鳥。牠們與我們人類在地球上和睦相處至今，不僅絕不加害人類，而且色彩豐富美麗，鳥兒不

論何時，總是唱出純情而柔和的歌聲給我們聽。當我們悲傷時，花鳥帶給我們安慰，並且鼓勵我們，當我們歡喜時，花鳥看起來就像是與我們同樂一般。不僅如此，花鳥天真爛漫的表情與風雅的自然姿態，令我們多多感受到東方的情趣，鼓舞我們的夢想與創作慾望。特別令我深刻感受到的是，花鳥的存在並非是為了要給誰看，但是他們卻將自己的個性與特徵發揮至極限，花兒盡情開放出美麗的花朵，鳥兒用它那美妙優越的聲音不停地唱著。這正如同藝術家的純粹創作態度。透過花鳥的優越個性表現，令我進而學習到偉大的藝術性。《膠彩·雅韻　林之助》P.135

●麻雀的動作太敏捷，不容易捕捉。所以就先把牠放在鳥籠內，並在籠子外罩上一層黑布，然後將鳥籠提到畫室內。在毫無預警的狀態之下，突然掀開籠子的黑布。由於麻雀先前已適應罩有黑布的籠內幽暗光線，因此黑布突然一掀時，麻雀的眼睛會適應不了室內的明亮燈光，因而停下跳躍，乖乖保持不動的姿勢好一會兒。這一瞬間是非常珍貴的，我會立刻將它的形貌、表情速寫下來。不過沒多久，麻雀適應了室內的光線，就又活蹦亂跳，這下子我就只好故技重施，再在鳥籠罩上黑布。就這樣一次又一次，分斷記錄下麻雀的形態與特徵。《膠彩·雅韻　林之助》P.136

●有時小鳥死了，我會把牠放在掌上，再一次畫下牠的樣貌。由於小鳥已經不會動了，所以可以觀察較詳細些，有時還會展開牠的羽翼，記錄翅膀的特徵。等到畫完了，就把小鳥埋在庭院的泥土下。在最後一次畫牠的過程裡，我的雙手會輕輕碰觸到牠，對我而言這就像是一種表達我對牠的憐惜與安慰。……小鳥很可憐，剛出生時有母鳥疼愛牠、保護牠，身旁也有兄弟姊妹作伴，不過長大離巢後，就是天地孤單一身，等到要死掉時，根本也不知道家人在哪裏……很可憐的。《膠彩·雅韻　林之助》P.136

●養在我家魚池的錦鯉，因長大後，顯得優美而增強作畫慾，只畫一條，其美便純化，有強烈和灑脫的氣概。《膠彩·雅韻　林之助》P.160

●真正的藝術家是要在社會上、教育上、創作上負起藝術養成的工作。致力於提高大家對於藝術的關心與興趣，不但在無形當中會提升我自己的創作品質，最重要的是世間會因為多了美的要素，而變得更加美好。想想看每個人見面時都會快樂地打招呼，這是個多麼和諧的場景！《膠彩·雅韻　林之助》P.170

●對於創作，我仍有夢，仍要追求。到底要如何才能順利達成？確切的方法，我並不是很清楚。每天想來想去，會很痛苦。但是痛苦歸痛苦，我仍要想盡方法再跨出一、兩步。即使無法因此便到達藝術的極致終點，但是或許會接近些吧！我仍要繼續追求這個夢！《膠彩·雅韻　林之助》P.171

膠彩·油畫類──陳慧坤

陳慧坤（1907～）

●我想要精研傳統國畫，創造新的國畫面目，因此，對西畫的長處也需深入研究，然後才可以攝取精華，吸收消化而融入自己的創作體系中，進而產生自己新的藝術面目。《雋永·自然　陳慧坤》P. 64

●藝術的創作活動，一般習俗都是由模仿開始，但若始終停於模仿，便不會有較大的進步，更談不上創造了。以臨摹為宗的學院派，其缺陷不在於對傳統的依靠，而在於未能於傳統中融合自己的見解與創意。所謂的傳統，如果只是守舊的，而不能攝取新的事物時，就會成為偏狹而妨礙進步的東西。凡是偉大、獨特的藝術家，會把傳統變做自己的骨肉。《雋永·自然　陳慧坤》P. 82

●一個有創造力的藝術家，只師古人之心，不師古人之跡，進入傳統之中，又能超出傳統之外，才能另闢天地，自創一格。《雋永·自然　陳慧坤》P. 82

●我要掌握風景在精神方面的相貌，而不是它的浮光掠影。我要用明亮的色彩和堅實的筆觸，尋找出最精確的風景本質。《雋永·自然　陳慧坤》P. 110

●對於風景是絕對的忠實，無論形和色兩方面，都儘量精確地表現並捕捉其調和以及韻律的美，由此出發，展開對風景的變奏、綜合，用中西繪畫的技巧和方法，去處理所感受的山水景物，並且尋求以明亮的色彩，堅實的筆觸，來表現風景中充滿動感最美的一面。《雋永‧自然　陳慧坤》P. 111

●只要你始終保持對於繪畫的熱愛與興趣，你的人生將會十分豐盈與滿足。《雋永‧自然　陳慧坤》P. 137

●教學三、四十年，所教過的班級、學生無數，但是學校畢業之後，能夠在藝術的行列裡持續奮鬥的所剩無幾，包括許多在校相當優秀的學生在內，許多人都轉行到其他比較能夠賺錢謀生存的行業，例如經商、或繼承家族事業……。平均每個班級能有兩個人仍持續在創作的崗位上奮鬥，就算是難能可貴了。將來無論遭遇多麼大的阻力，都能盡力期勉自己不要輕易放棄持續創作的理想。創作是終生的事業，就算基於現實有所中斷，仍要時時保持企圖心，遇著學習的機會千萬不要放棄，人生是個終身學習努力的道路……。《雋永‧自然　陳慧坤》P. 145

●創作的道路是艱辛的，但每一次的成長也都是樂趣無窮的。畢業之後，遇到任何困難，不論是美術專業方面，甚或經濟上的困難，可以隨時和老師聯絡。只要是老師幫得上忙的，絕對會盡力去做的。記住！無論如何，千萬不要放棄創作！《雋永‧自然　陳慧坤》P. 146

●我的年事越高，越是體認到大自然是一切的根源和最後的歸宿。人同萬物一樣，來自大自然的蘊藏，無窮無盡。無論是畫家、詩人、文學家、音樂家、科學家，只要能潛心在大自然中追尋，一定能得到珍貴的啟示……。《雋永‧自然　陳慧坤》P. 156

●我大部分的時間和精神，都徜徉於大自然的山水之間，我不斷地在內心裡揣摩，不斷地在名畫上經營……。《雋永‧自然　陳慧坤》P. 156

●在漫長的美術生涯中，我所編織的「美」夢，到底實現了多少，似乎並不重要。唯一感到安慰的，就是我始終堅持自己的路程，探究美的正確方向，能獻身於美術的教育和創作，並且樂此不疲，樂而忘憂，「不知老之將至矣」！《雋永‧自然　陳慧坤》P. 157

膠彩、水墨類──吳梅嶺

吳梅嶺（1987～2003）

●六十年來蟄居鄉下默默從事美術教學，志在求學生在美育上得到真善美的情操與品德，進而表現優雅善良的人格與作品。……美術教育是養成學生繪畫個性與才情，除對學生在繪畫基本技法基礎予以充分指導外，復尊重學生個人創見。因此今日在畫壇的學生們各盡所能，多采多姿的表現，發揮藝道的光彩頗多自慰。《百歲‧師表　吳梅嶺》P.140

●無視傳統，不拘技法流派，我心我法，以寫我意。畫作雖天真拙劣，但仍我行我素，不拘表現形式，水彩、國畫、水墨、墨彩；山水、靜物、人物、花鳥，興之所至，隨意塗鴉，時時以表現感受的多元化自勉。《百歲‧師表　吳梅嶺》P.140

●藝術是快樂的泉源，透過各種形式的表現，呈現人生多采多姿的風貌，既可抒情，亦有社教之功能，常有學生問我：「長壽之道」，無不告之：「快樂而已」，九十年的畫筆生涯，塗繪了山川的秀麗，花卉的嬌艷，常使自己心中得到快樂，對人對物，凡事善解，平淡生活，不求不得即可體健，百齡之際，當把喜悅之心，快樂之情與識者共享。《百歲‧師表　吳梅嶺》P.141

油畫類──陳澄波、郭柏川、廖繼春、李梅樹、顏水龍、楊三郎、李石樵、張萬傳、劉啓祥、洪瑞麟、王攀元、張義雄、廖德政

陳澄波（1895〜1947）

●若謹守尺度作畫，便僵硬了，還不如以輕鬆自在的態度任筆揮灑更好吧！《油彩·熱情 陳澄波》P.40

●我在畫面所要表達的，便是線條的動態，並且以擦筆使整個畫面活潑起來，或是說，言語無法傳達的，某種神秘力滲入畫面吧！這便是我作畫用心處。我們是東洋人，不可以生吞活剝地接受西洋人的畫風。《油彩·熱情 陳澄波》P.106

郭柏川（1901〜1974）

●畫人物時，兩乳如天，兩手如地，耳鼻均以用紅線，表現出生命力和血氣。兩腿如樹，向下扎根，也要用紅色。《氣質·獨造 郭柏川》P.140

廖繼春（1902〜1976）

●我不會講話，我用畫來說我的話，畫對我比什麼都能表達我的心情。《色彩·和諧 廖繼春》P.7

●畫抽象畫，是自然的趨勢。因為現代繪畫已由外界視覺的，轉為內心感情的直接表現。《色彩·和諧 廖繼春》P.120

●現代畫的問題不在抽象或具象，有形或無形，最要緊的是藝術品是否真有內容，畫面的形式只是創作者精神傳遞的媒介罷了！《色彩·和諧 廖繼春》P.122

●我的色彩是騙人的，是不忠於自然的。《色彩·和諧 廖繼春》P.130

李梅樹（1902〜1983）

●我要找全省最好的師父……只有最好工匠的手藝才能使一個十三、四歲的孩子看成癡迷。《三峽·寫實 李梅樹》P.66

●假我以時日必能在台灣美術中創下一個明確的局面。《三峽·寫實 李梅樹》P.104

顏水龍（1903〜1997）

●有些人作畫擅用繽紛、浪漫的色彩及多樣、俏麗的形式，這類繪畫乍看之下，很討好觀象，但較膚淺，不耐看。我的作品求簡化、精神性，乍看不吸引人，但可令人愈看愈深刻，較能持久。《蘭嶼·裝飾 顏水龍》P.142

●我是土生土長的台灣孩子，真不甘心看到台灣文化逐日消失啊！《蘭嶼·裝飾 顏水龍》P.157

楊三郎（1907〜1997）

●儘管文學戲劇工作受日本逼害，而美術家卻始終在藝術神聖的殿堂裡，擁有絕對的創作自由和平等的競爭，不可侵犯。《陽光·印象 楊三郎》P.44

●如何把自然轉化為一幅畫，我做了六十多年的功夫了。但是我所得的仍是極淺薄的經驗。我畫出來的東西總是要將近百次的修改，最後才終於配上框。《陽光·印象 楊三郎》P.104

●寫生就是創作……花開起來的色感，空氣的味道，夏天事事物物開放，使人神清氣爽，生出大有作為之感。《陽光·印象 楊三郎》P.118

李石樵（1908～1995）

● 要當個藝術家就得像流氓一樣，有個性、夠氣魄，敢為人所不敢為！《高彩·智性　李石樵》P.7

● 作畫是一場永遠不能停止的戰爭，解決了這個問題，會有下一個問題產生，除了色彩的問題、光的問題、心理回應的問題，或是造形、結構……永遠會有一個又一個的問題。到現在這般年紀了，仍有許多問題等待解決，只是做不起了！每日思考的問題，仍是要用什麼方法才能做得出來。《高彩·智性　李石樵》P.7

● 看一個畫壇，好比看一場萬米賽跑，起跑的那一瞬間誰也不怎麼會去注意它。跑得慢的人已經被跑得快的人趕過頭去，誰是第一誰是最後，從此便糾纏不清。這時如有誰偶爾趕過另一個人，全場就會為他鼓掌歡呼，其實他可能是最後一名呢！《高彩·智性　李石樵》P.89

● 「你最尊敬那一位畫家呢？」「我自己。」「為什麼呢？」「因為沒有一個人比我還認真畫。」《高彩·智性　李石樵》P.140

張萬傳（1909～2003）

● 魚這項食材雖然平凡無奇，但是每一種魚，甚至是每一條魚，都是長得不一樣，而這正是畫魚的最困難處。高度的敏銳觀察力是極為需要的。《在野·雄風　張萬傳》P.63

● 桌上有十二道菜，不要道道盡吃。人生如此，作畫取景亦是如此。割捨之餘，才能懂得品味。《在野·雄風　張萬傳》P.146

劉啓祥（1910～1998）

● 色彩的變化好似音樂的音階。只要夠熟練，就能把握調子與調子之間的細微變化。《抒情·韻律　劉啓祥》P.58

● 學校教育只是個基本，我通常僅把過去的經驗說給學生聽，之後就隨他們去畫了。老師只是點破學生不懂的地方，主要還是學生自己研究、發現問題，而後發問……，人人都應該好好發揮他自己。《抒情·韻律　劉啓祥》P.92

● 我的技巧磨練至此已無問題，今後所要著重的是，如何把握、如何呈現靈感，我覺得這是一幅好畫的精華所在，靈感是一種鮮活、有生命力的東西，它在你繪畫的當兒滋生成長，滋生成長的空間在畫布上，時間在創作中。《抒情·韻律　劉啓祥》P.132

● 記憶，尤其是對自然界諸種色澤與光線的記憶，將在我的藝術中扮演重要的角色。我欲以單純的色彩繪出色感豐富的圖，盼望著落筆無幾，而畫出能夠訴說一切的作品，彷如一首意味盎然的詩。《抒情·韻律　劉啓祥》P.132

洪瑞麟（1912～1996）

● 我的求真是有內涵的求真，有感情的求真，我愛畫礦工，就是求真的本意，不注重形式美，裝飾化的美，經由「求真」產生的內涵美，更能達到完善境界。《礦工·太陽　洪瑞麟》P.7

● 即使留學日本的幾年，最令我感動的，不是那裡的櫻花、不是清淺的溪流，而是天寒下蕭瑟的勞動者。《礦工·太陽　洪瑞麟》P.84

◉回國後,由於偶然的機會,使我一生最寶貴的歲月,做了最理想的安排──到瑞芳煤礦,從最基本的工人幹起。我和他們工作在一起,歡笑在一起,甚至結婚在一起(我娶了工頭的女兒),當然,苦難也在一起。若說有所區別,就是我用一枝筆,將他們的點點滴滴留了下來。我的畫就是他們的日記,也是我的反省。《礦工‧太陽　洪瑞麟》P.84

◉我的畫就是「礦工日記」。也許別人會認為是一種狂熱的固執,但對於一個畫家,毋寧是一種真誠的奉獻和敬禮。《礦工‧太陽　洪瑞麟》P.84

◉每當在坑道裡,在昏弱的光線下,我雖然是共同工作的參與者,但更是一個客觀的觀察者。面對他們堅實而疲憊的軀幹、他們毫無掩飾裸露的骨肉,內心總有莫名的衝動。我幾乎可以摸到,在那滿是塵灰與汗水混合的肌膚下,生命的光輝。在他們一鏟一鏟單調的節奏中,不可否認的,他們掘取的不是煤,而是生活的本質,生命莊嚴的躍動。《礦工‧太陽　洪瑞麟》P.85

◉愚鈍、粗魯、醜陋、嗜酒、貧困、好賭,是你們的外衣。耐苦、冒險、勇敢、素樸、率直、莊嚴,是你們的本體。恐龍跋扈,原生林鬱茂的世界早已覆滅。原生林的化生,「煤」,億萬年橫臥在岩層深處安眠,瓦斯嚴密地守衛。啊!偉大的無名勇士們,用你們渺小的手、汗和血,開拓地下數千公尺的中生紀層。巧奪了神的秘藏,奉獻給人世。啊!你們是背十字架的一群,是米開蘭基羅(Michelangelo)壁畫的精華,是傑克梅第(Giacometti)雕像的本質。朝著無日無夜的真闇世界,與幽寂的大自然搏鬥!你們滿體的傷痕,正是原始人的紋身。勇敢和榮譽的記號。苦力之極限、昇華為神性!苦鬥使你們的英俊變醜形。粗魯、愚鈍,是痛苦的代辯,酒和賭成為你們冒險的慰藉。崇高的人類拓荒者!我握著禿筆、凝視三十多年了,領悟到美與醜一樣的哲理,虔誠地繼續探索你們的奧妙。刻劃在紙和板上,永遠的讚頌。《礦工‧太陽　洪瑞麟》P.95

◉六十歲時,自礦場退休了,退休的第一個願望,自然是追求陽光。不是對大半生濕暗生活的棄絕,應該說是

本能的追求。陽光下的世界,色彩的繁複,確也溫暖了我。然而我一生的關懷,一生的傾注,無時無刻不在我心中翻覆,不時在筆下重現:千層地下無言的吶喊,怎能相忘?《礦工‧太陽　洪瑞麟》P.130

◉並不想強調什麼。那些已死的、垂老的,或是健碩的工人,他們更不會想到為他們的生活方式,刻意的表白什麼。若還有什麼令人覺得偉大而神聖的,實莫過於這種態度,唯有真正瞭解人生原就是搏鬥,一條鋪滿荊棘而坎坷的道路,還有什麼不能看透;所謂的高貴,原也是粗鄙的昇華,所謂的粗鄙原也包含高貴的意義。至於美與醜,在我真正的衡量,更完全基於「人」是否在真實的生活。《礦工‧太陽　洪瑞麟》P.157

王攀元（1912～）

我的腦子麻木了,淚水不能自止。親情與人性如何地強烈對比啊!《百年‧孤寂　王攀元》P.11

◉總是覺得思想超越同學許多,沒有辦法和大家一樣嬉鬧……上課之外,喜歡獨坐校園裡,海闊天空的遐想。《百年‧孤寂　王攀元》P.12

◉我的思想開放,繪畫不走前人的舊路,受老師們的感召和影響極大。《百年‧孤寂　王攀元》P.13

◉學校用飯分一月六元和一月四元,老師大部分是前者,學生是後者。以我預算卻根本吃不起。附近菜市場邊有個自助餐的攤子,平均一月二元勉強可以吃飽。但我不敢按時進食,每天早晨喝點白開水,吃一、二個山芋充飢,只在晚餐去吃一次飽飯。有時真餓得無力上課、作畫,厚著臉皮去菜市場幫人拉車,換得一點冷飯冷菜……《百年‧孤寂　王攀元》P.15

◉繪畫首先必須把自己搞清楚。人有如機器,機器不好不能作出好的東西;人的氣質不好,不能畫出好畫來。《百年‧孤寂　王攀元》P.17

●早出晚歸，生活雖然辛苦，但我們都以自己是神聖的勞苦大眾為榮。有時，在港口看著夕陽西下，傾聽海的呼嘯，成群結隊的遠帆，海鷗上下飛舞……有時，站在高處向西望去，遙想美麗的故國山河，不能自己的相擁痛哭………《百年‧孤寂　王攀元》P.39

●秋來雁去，愁上心頭，欲買歸舟，問秋風，歸向何方？歸向何方？(詩)《百年‧孤寂　王攀元》P.50

●楊柳岸，曉風殘月。春去秋來，莫道當日別離。樓外風雨急，落葉飄零，江帆點點，孤雁哀鳴，問君何日是歸期。(詩)《百年‧孤寂　王攀元》P.50

●女人的體態若能豐而不痴，瘦而不枯；靜如止水，動若蛟龍；情多不俗，言談有度……能有如此數種優越條件，誰能坐懷不亂呢？《百年‧孤寂　王攀元》P.20

●蘭陽平原雨天雖然較多，但我並不怎樣討厭它。每天上下班的雨天行，實在頗有詩意。有時為了學校額外的命令，工作至深夜，一個人獨自歸去，這時只有風聲、雨聲，而無人聲了。《百年‧孤寂　王攀元》P.63

●蘭陽的雨沒有杭州西湖的雨多情。每當雨季來臨時，獨坐窗前，窗外細雨濛濛，倍感寂寥。人總會自作多情，有時投入網中，動彈不得。《百年‧孤寂　王攀元》P.63

●假如你有才高八斗的智慧，鋒芒畢露的才華，可惜生不逢時，受人妒嫉，此時最好要有忍耐的藝術，以忍去應付一切。此外，如果沒有良師益友在身邊，必須能享受狐獨，不要空虛、痛心，安靜地觀察萬物，開拓胸襟，增廣知識領域吧！《百年‧孤寂　王攀元》P.70

●畫畫不能模仿別人。一定要真正有興趣去畫，下功夫磨練好自己的技法，才能想畫什麼都畫得出來。《百年‧孤寂　王攀元》P.83

●我沒有快樂的童年。到目前為止已年屆九十，仍然沒有一天過得快樂，好像每天都在「怕」字上頭過日子，隨時都會有什麼事降臨似的……《百年‧孤寂　王攀元》P.84

●讀書、寫作、愛情、繪畫，四者缺一不可，否則無生活情趣可言。《百年‧孤寂　王攀元》P.96

●天邊月、天邊月，古道斜陽何時了？音訊絕，音訊絕，老死蘭陽無尺素，最怕杜鵑啼。(詩)《百年‧孤寂　王攀元》P.98

●多少事，難訴說，簾外風雨歸心急。家出萬里無消息，月圓人瘦終須別，江山絕。(詩)《百年‧孤寂　王攀元》P.98

●我始終認為，作品中一定要有內涵的精神活力。譬如，在畫布上，用我們中國大潑墨水墨畫的筆觸去揮灑，讓畫面具備動的要素，使畫面氣勢磅礡，熱情如火，趣味盎然，令人看了，好像百戰榮歸的英雄。《百年‧孤寂　王攀元》P.106

●水墨畫必須懂得用水，使筆墨飽和均衡，下筆恰到好處；否則水多顯得散漫，水少顯得滯澀。《百年‧孤寂　王攀元》P.108

●畫畫不可滿幅堆砌，令人看了毫無遐思之餘地，那就不能稱為藝術品了。《百年‧孤寂　王攀元》P.113

●作畫應去繁取簡，將靈魂深處表現於筆墨之間。有些畫家專門在形式上打滾，把一張畫紙或畫布塗得滿滿的，好像一個雜貨店，令人看了不知所云。《百年‧孤寂　王攀元》P.113

●我雖窮，但真不想賣畫，六十幅水彩，只一半標價就好了。或許一張畫都賣不出去呢！《百年‧孤寂　王攀元》P.117

●我喜歡繪畫多留空白，我喜歡對人說話應有餘地，我喜歡靜思反省不與人爭。《百年‧孤寂　王攀元》P.146

●水是畫作的命脈。水墨只用乾筆，水彩只用不透明畫法，都是忘卻水的妙趣；乾濕互用，才成佳作。《百年‧孤寂　王攀元》P.146

●在繪畫中，如果不能善用檸檬黃、天藍、普藍、西洋紅、橘紅、黑色等六種基本色彩，則不論技巧如何高明，設色如何清新，畫出來的作品定無細胞、無水分，當然更談不到生命了。《百年‧孤寂　王攀元》P.150

●一個人要有遠大的眼光,胸襟更應開闊。我唯一的缺點,就是為情所困,奈何。《百年·孤寂 王攀元》P.160

●梵谷一輩子只賣一張畫,還痛苦到自殺而死;和他相比,我好太多了。《百年·孤寂 王攀元》P.164

張義雄(1914～)

●打從兒時我就將自己比喻為一個漁夫,一個富野心、夢想著赴遠洋捕大魚的漁夫。本來泛小舟沿海岸捉小魚也可溫飽,奈何那遠方的大魚總在呼喚著,令我嚮往,令我神魂顛倒,而無視於週遭的小蝦米,也因此吃盡人間苦楚……《浪人·秋歌 張義雄》P.7

●嫁給畫圖尪,一個米甕仔空空空……別人的阿君仔穿西米路,阮的阿君仔在畫圖,人人叫阮畫圖仔嫂,欲看畫圖免驚無……《浪人·秋歌 張義雄》P.142

廖德政(1920～)

●我們當時只想以坦誠和單純的態度,創設以藝術為唯一目標的展覽會,「紀元美術會」是我們幾個人有志一同,懷抱台灣美術新紀元的憧憬而成立的。《在野·雄風 張萬傳》P.120

油畫·水彩類——
立石鐵臣

立石鐵臣(1905～1980)

●本籍地在諏訪(日本長野縣諏訪郡),因為未曾住過,並沒有所謂故鄉的意識。從居住環境而言,從出生地的台灣搬到東京,然後回到鎌倉,再到東京,再回鎌倉,又再回到東京,然後再到台灣,這次長住台灣,一直從蘆溝橋事變住到敗戰後兩年,然後再回到現在的東京。《灣生·風土 立石鐵臣》P.34

●在面對自然的時候,一定要有著像見到戀人時那樣心跳不已的感覺,如果無法達到忘我的境界,就算技法再怎麼熟練,也不過是將自然棄置一旁,毫無感動。《灣生·風土 立石鐵臣》P.40

●我打算將東京的思考方式完全洗去,脫胎換骨地觀看周遭景物。無論要花幾年的時間,怎麼樣也要畫出像我一樣的畫,…要不然來台灣就沒有任何意義了。《灣生·風土 立石鐵臣》P.58

●傍晚時分在水蓮池(今二二八紀念公園內)中看雲是無比歡喜的事情。映照水中的晚霞,隨著時刻變濃,與水蓮花糾纏不清,具有撩亂之美,隨著夕照逐漸變弱,在微光中幽幽浮現出的是白紅水蓮花之美。《灣生·風土 立石鐵臣》P.61

●描繪的方式雖然具有裝飾化的造型,但並不造假。我的原則是不畫不存在的東西,也不依賴相片,勤勉地到處走動、忠實地寫生。我注意人物的外貌與姿態形體的特徵,也仔細描繪建築與器物。《灣生·風土 立石鐵臣》P.71

●我對此地風土抱著無限的愛情,因此對這些不曾在此風土扎根,只是隨著氣氛出現的頹廢花朵,只能嘆息不已。那些人何時才會真的成長於此風土?在此風土吹拂的風,在此地所結的果實,或此地的鳥獸魚介,或在此地曾誕生的美麗,他們可曾以愛心和喜悅的眼光來欣賞呢?請看麵包樹寬闊的葉子上和緩地流散開來的葉脈,那樣比例恰到好處的美,或眾多的蝴蝶翅膀上華麗的紋樣,或夕陽晚霞的七彩燦爛。如果能從內心抱著愉悅的心情欣賞此地風土之美,那麼那些在街上盛開的花樣的女性,自然能展示出此地的驕傲,並象徵健美的新台灣之花。《灣生·風土 立石鐵臣》P.106

●戰後的作品有如突變般地改變了。參戰一年，後來繼續待在台灣為中華民國留用兩年的這段期間，我戰前的思考方式自然被淘汰，然而我認為這是還殘留著過去潛在的個性，順其自然所產生的變異。《灣生·風土　立石鐵臣》P.128

●蜜柑外皮的凹凸處，看起來比實際的東西還要細緻，驚嘆之餘，深深感到超現實的味道。《灣生·風土　立石鐵臣》P.138

●畫面上所安置的各種物體，皆以極細的筆作即物的、微細的描繪，物體相互之間無關心地並列，它們全無遠近法，上下二分，置於背景的下半部。無筆勢，也無情緒之浮現，由非現實感與現實感之組合，造成與自己內面相連的世界。雖然受超現實主義繪畫手法影響，卻逐漸進入自我表現的道路，以後，這類作品成了我繪畫的基盤。《灣生·風土　立石鐵臣》P.153

●我家附近不只長滿了樹林，空地上、道路旁也雜草叢生，到了初夏更是綠意盎然。院子裡會開出各色各樣花朵，彷彿在招呼我們。我時常留意這些自然界的小生命，並把它們摘下來，組成一幅美麗的畫面。《灣生·風土　立石鐵臣》P.158

●雖然我儘可能依眼睛所見來仔細描繪，然而還是有獨自的想法在我的繪畫當中。《灣生·風土　立石鐵臣》P.158

●從二十八歲到四十多歲的壯年期，即在我充實油畫製作的許多歲月，都在台灣度過；這時期由於我接觸到台灣風光，才確立前半期的畫風，這讓我銘記在心。離台距今已有三十餘載，迎接古稀之年，感嘆來日有限之餘，心裡時常湧起台灣風土及別離友人懷念之情……《灣生·風土　立石鐵臣》P.167

石川欽一郎（1871～1945）

●京都與台北兩地大體的山容水色相當近似，台北的色彩看起來還更加地美。紅簷黃壁搭配綠竹林效果十分強烈，相思樹的綠呈現日本內地所未曾見的沉著莊嚴感，在湛藍青空搭配下更為美妙。空氣中的水分恰如薄絹般包圍山野，趣味極其溫雅。其他雲彩、陽光都是本島特有的美，內地怎麼也無法相比。《水彩·紫瀾　石川欽一郎》P.6

●我的業餘興趣是畫與謠曲。我從小喜愛畫畫，卻因為父親對此不太高興，所以作畫時必須避開父親的注意，相當辛苦。有時甚至得趁著夜深人靜，偷偷地爬起來畫。父親是那種受漢學薰陶成長的人，我的想法和他不一樣，無奈之下，只好去學習英文，直到現在仍然靠英文餬口。《水彩·紫瀾　石川欽一郎》P.12

●以水彩畫台灣風景、風俗等做成繪葉書贈送內地友人，應該是非常有趣而且有益的事。領台十餘年後的今天，日本還有很多人一直不知道台灣，我希望至少讓這些不幸福的人們知道日本第一的台灣風景。或許也有人覺得我說台灣是日本第一風景太過份了些，可是我卻深信不疑，並且相信東京的畫家友人看了也一定會這麼想。《水彩·紫瀾　石川欽一郎》P.39

●傳言是地獄，見了卻驚為天堂。這就是我對台灣的第一印象；形與色都很優美的島嶼，令人欣喜。《水彩·紫瀾　石川欽一郎》P.40

●觀念上，學生對待繪畫老師有個傾向，就是若非入選文展的天才，即便是優秀的老師也不受歡迎，這就是將天才與教師混淆了。畫家與教師各有長處，如果因為教師畫不出偉大的作品便貶低他，這是犯了大錯。在西方，不是畫家的繪畫老師非常多，他們的學問與教授方法比天才畫家更受到重視。《水彩·紫瀾　石川欽一郎》P.84

●只要曾經到過台灣接觸其風景的人，都可以體會到台灣是全日本中色彩最鮮艷而多變化的地方。況且，類此鮮艷和變化的趣味，從台灣北部逐漸向南移時便愈發明顯。到嘉義以南，落日餘暉，天地俱沉醉在紅色的彩霞中，除了本島以外，在日本任何地方都看不到。華麗的程度與有名的印度洋落日景觀相同。《水彩·紫瀾　石川欽一郎》P.105

●台灣的山岳卻無論如何也沒有日本的淒涼壯烈感，我想這是因為台灣島亮麗的光線以及色彩鮮豔的緣故，日本阿爾卑斯山一帶鼠灰的顏色總令人覺得可怕，但這裡（台灣）連山都是可愛嬌美的。因此，和日本山脈那種崇高的感覺或神靈之氣相較，感覺相當不一樣。《水彩‧紫瀾 石川欽一郎》P.105

倪蔣懷（1894～1943）

●金玉非寶，藝術乃是至寶；心靈無形，藝術即其象形。《礦城‧麗島‧倪蔣懷》P.145

李澤藩（1907～1989）

●老實說，我當初是因為捨不得那些水彩紙。捨不得把畫壞的畫就那麼丟掉了，才試著用水來洗洗看。想不到效果還不錯，就這樣畫下來了。《鄉園‧彩筆‧李澤藩》P.65

●其實啊！教書並不虧本，我也自學生中「偷」了不少辦法，年輕人的想法有時也啟發我的創作靈感，這叫做教學相長啊！《鄉園‧彩筆‧李澤藩》P.100

●這麼多年來，我享受了繪畫與教學的喜悅。《鄉園‧彩筆‧李澤藩》P.116

馬白水（1909～2003）

●我腦中想的就是，起早去畫太陽剛升起時的氣氛與色彩，趁黑去畫日落的剎那景象。在自行車的橫樑上，掛著畫具袋，一下課立刻就跑到天安門、正陽門、長安街、東西單牌樓，畫好一幅才回家吃晚飯，飯後再出去畫……。《彩墨‧千山 馬白水》P.25

●生活成果和藝術表現，同樣都是先如墜萬丈深淵，卻也都是從深淵裡產生突破重圍的想法和手法，漸漸的浮出水面，奔騰跳躍，活力生發，同時會有空閒安寧，會有滋補療效與存在的滿足感，並產生心靈精神的意志力量，走向自我表現與突破，解除壓力更上層樓。《彩墨‧千山 馬白水》P.39

●現在的我，無欲無求，自由自在，沒有什麼責任，人生正如由秋天走向冬天，我胡畫我自己的畫，胡編我自己的運動。《彩墨‧千山 馬白水》P.128

●中國宣紙和西洋水彩畫紙，比照起來各具特色，性格幾乎完全相反。西洋水彩畫紙，質地粗、厚、堅、白，吸水力弱，容許重複修改，對於學畫者好像有安全感，然而重複洗次數過多，很容易造成缺乏生命活力的現象。中國宣紙質地鬆、軟、細、薄，吸水力強，彩墨落紙立刻透入紙背，並且很快散發，產生一種自然流露，爽朗愉快的筆情墨趣，所以在落筆之前，必須仔細觀察周全思考，不容許遲疑修改。要追求一揮而就的筆觸表現，而不是塗塗改改修修正正的遲疑描寫。《彩墨‧千山 馬白水》P.140

●中國畫紙的種類很多，大致分為宣紙、棉紙、絲絹三類。性格各分生熟兩種。唯一缺點是落筆之後，不能重複修改，然而，這一點恰恰是，繪畫形色線面精氣神韻的獨立性格，和畫家成就藝術美感生命活力的具現成果。……生宣、生棉和生絹，都未經加工（明礬）處理過的原本面貌，有厚、薄、粗、細之分，吸水性則大致相同，都像吸墨紙一樣。我最喜愛這種彩墨落紙，滲透發毛的現象，讓人感覺自由自在，舒適愉快，產生意外的效果。《彩墨‧千山 馬白水》P.140

●生命如同流水，像似雲煙；肉身健康雖可過百，終是要入土為泥，轉瞬成為過去。我們如能用心神把握當下，抓住眼前，享受美感滿足的剎那情趣，說不定會立刻感悟到一種非語言文字所能表達出來的，既自由自在又舒服愉快的感覺，給我們無限的震撼力量，永生難忘的享受。《彩墨‧千山 馬白水》P.155

●人生固有險灘，也多賞心悅目的奇情逸趣。要知道彩虹是需要大雨和陽光才能形成。《彩墨‧千山 馬白水》P.157

劉其偉（1912～2002）

●喜歡一件事，就不要當它可有可無，把它當一回事認真去做，就會得到專門的學問。《探險‧巫師　劉其偉》P.31

●作畫，最先需要的是抱著冒險的精神與發現新材料，去嘗試、去探索。《探險‧巫師　劉其偉》P.68

●真心喜歡自然的人，就應該知道為了下一代，而不破壞自然。《探險‧巫師　劉其偉》P.154

●我們看原始人，認為是野蠻人，但是他們看我們才是真正的野蠻人。《探險‧巫師　劉其偉》P.154

●當我要離開原住民地區時，我每次都有那種又要回到罪惡的地方的感覺。《探險‧巫師　劉其偉》P.154

●我對人性徹底的失望，你看污染、戰爭、劫掠，哪一樣不是文明人弄出來的？《探險‧巫師　劉其偉》P.154

●沒有經歷過戰爭，就不知道戰爭的可怕，經過了戰爭，才知道什麼是「英雄」。《探險‧巫師　劉其偉》P.154

●人的精力愈用愈多，思想愈用愈敏銳，千里跋涉可以訓練一個人走更長的路。《探險‧巫師　劉其偉》P.154

●如果一個人想成功，必須要擁有一顆感恩的心。《探險‧巫師　劉其偉》P.154

席德進（1923～1981）

●若不是在林老師(林風眠)兩年的教導之下，開啓了我走進藝術堂奧的正確道路，今天可能我的藝術又是另一個樣子，像一般平庸的畫家，永遠找不到自己的風格。《山水‧獨行　席德進》P.20

●學藝術並不是在課堂上聽教師演講，什麼藝術史、美學、色彩等，而是他們的談吐、風範。《山水‧獨行　席德進》P.22

●畫寫實的對我是一種享受，畫抽象的對我是一種發洩。《山水‧獨行　席德進》P.54

●藝術家如果結婚了有了伴，他的一半便是別人的，自己只剩下一半。《山水‧獨行　席德進》P.101

●我喜歡男人。……這個世界很可惡！我們恨一個人時可以公開的罵他、打他，然而我們愛一個人時卻只能偷偷摸摸，不能光明正大的去愛！《山水‧獨行　席德進》P.110

●藝術家呀！你一定要是個強者，才能突破傳統，脫穎而出。《山水‧獨行　席德進》P.120

●水彩，對我來說，只是一個表現工具。我的水彩畫是包涵了水彩、油畫、素描、水墨的技巧和特徵，所以我的水彩就不是純粹的水彩畫，不像別人的講究那些水彩技巧，而是研究素描結構、空間，油畫用色的強度、變化，有水墨畫用筆和氣韻、韻味，加上我對自然的體會與觀察，對現代藝術精神的掌握，加進中國的書法用筆，揉合東方、西方繪畫的特質……，不要把水彩當作只是單獨的水彩畫看待，而多方面研究，如書法、素描才能深入，對東西文化要有透徹的瞭解，要畫成中國人的水彩畫。《山水‧獨行　席德進》P.135

●我經由中國人含蓄溫儒的生命態度中，將絢爛轉為平淡，並且經由無限延伸的水平線中，體悟到台灣平凡山水的魅力。我的水彩追求樸拙，同時也追求現代美，在墨分五色的微妙變化中，顯出盎然的生趣與無窮的變化。《山水‧獨行　席德進》P.147

●只要藝術生命夠堅韌，有價值，一定會流傳歷史。《山水‧獨行　席德進》P.156

廣告顏料‧水彩類──洪通

洪通（1920～1987）

●「子」是別人的，「某」才是自己的，所以「某」要好好照顧。《靈魅‧狂想　洪通》P.15

●畫得「像」有什麼用，繪畫要畫自己心裡的東西，畫得使自己感到爽快，何必要求別人了解。《靈魅‧狂想　洪通》P.46

●這些字，都是我「化」出來的。……我參加省展落選了，有美國仔開車來，要以八千元買我的一幅畫，我拒絕了，要開畫展要賣畫還早，何況這些將來都是國寶，怎可輕易展出賣出？《靈魅‧狂想　洪通》P.46

●我不會事先去想畫什麼？只要我心血來潮，一管在握、便可以隨心所欲，畫累了就休息一下，然後再畫，一直畫到我滿意為止。《靈魅‧狂想　洪通》P.46

●滿意就是爽快，爽快可以不吃飯不睡覺。《靈魅‧狂想　洪通》P.46

●給你們拍也沒關係，我也不怕你們學，反正我明天的畫又變了，我是天天在變的。《靈魅‧狂想　洪通》P.48

●這個畫圖啊，並不是要每一點都畫出來，只要能讓大家知道這是個人就行了，何必畫得太像呢？畫圖本來就是要讓大家自由去想像的。譬如說太陽是水煉成的，月亮是水波煉成的。《靈魅‧狂想　洪通》P.71

●人的頭是重要的目標，世界上任何事情都是靠人的頭腦創造的。《靈魅‧狂想　洪通》P.72

●人生在世都在為著金錢而忙碌，但我只希望能造一棟屬於自己的房子。《靈魅‧狂想　洪通》P.72

●我一個人在家畫畫時，有時覺得無聊就唱唱歌，人家不了解，就以為我是「瘋子」。我的畫有人說是亂畫，也有人說畫得不像，我認為畫得太像就不像畫了。《靈魅‧狂想　洪通》P.72

雕刻類——
黃土水、陳夏雨、楊英風

黃土水（1895～1930）

●每天從早到晚想到的都只是雕刻的事，竟因而疏於人際往來，所以也不全怪人家笑我是怪人。
《大地‧牧歌　黃土水》P.124

●現代宗教類藝術，把前人累積經驗所建立起來的美毀了。《大地‧牧歌　黃土水》P.137

陳夏雨（1917～2000）

●藝術就是工作，創作便是做工：只是分量多少不定，有時多有時少而已。《完美‧心象　陳夏雨》P.7

●我受老師影響最深的是誠實的工作態度，以及日日求進步的精神……。《完美‧心象　陳夏雨》P.21

●與其在有冷氣的舒適廳堂享受珍味美酒，不如回到我酷熱的工作室，光著膀子，粗茶淡飯來得舒適自由。
《完美‧心象　陳夏雨》P.74

●任何買賣都會涉及條件、人情，受限於時間、形式……我杜絕代人塑像的機會，是為了堅持自己的原則，使我在藝術表現上，擁有絕對的自主和自由。
《完美‧心象　陳夏雨》P.75

●十年來，我一直封閉自己，對社會毫無貢獻。此次以一個台中老市民的身分，回報多年來大家對我的關懷。所以，我破例展出作品，也藉此機會整理舊作，希望這次展出之後，能夠再度出發……。
《完美‧心象　陳夏雨》P.80

●寫實，我還不滿足，看能不能超越寫實，這樣在下工夫。《完美‧心象　陳夏雨》P.99

楊英風（1926～1997）

●中國人發現石頭中的美，有著特別的稟賦，能直接解讀出石頭上的形式美，宋代大書畫家米芾總結了三條形

式美原則：瘦、皺、透。中國人還解讀出了石頭的形而上，近代作家林語堂說：山峰的靜默、偉大和永久性，可說是中國人喜歡石頭的原因。《景觀‧自在　楊英風》P.116

●台灣山地的峻秀靈逸，在花蓮太魯閣發揮得淋漓盡致，磅礴的山勢，高聳入雲的山峰，由高空俯瞰，自有震撼人心的氣魄。《景觀‧自在　楊英風》P.117

●英文的Landscape只限於一部份可見的風景或外觀，我用的「景觀」卻意味著廣義的環境，即人類生活的空間，包括感官與思想可及的空間。因為宇宙生命本非各自過著閉塞的生活，而是與其環境及過去現在未來的種種現象息息相關。例如人類工業化造成空氣、水源、土地、海洋等污染，改變了氣象、地質、動植物生態而威脅到人類以及其他地球生物的生存。再如星球的運轉、地球磁場與星際間引力的關係都有形無形地影響到人類甚至萬物的生活。中國的古聖先賢能洞察機先，不輕舉妄動且努力防範未然，到晚近西方人從許多錯誤中得到教訓，於是漸漸修正以往自居宇宙主角的臆想，開始大力提倡防治污染、維護生態與保護野生動物等工作，這種仁義且智的作法正合我們祖先親親、仁民、愛物的慈悲胸懷。《景觀‧自在　楊英風》P.152

●『堪輿學』一向被近代科學斥為迷信，怎麼又流行起來呢？真是風水輪流轉。原來它是中國土產的『景觀科學』啊。堪輿學不只為死人看風水，更要為活人選擇最適當的生活環境，以保永久的安寧與幸福。我們不可忽略環境對於人的精神具有很大的潛在作用，堪輿學其實是中國人形上精神與形下物質並重的生活智慧，只不過我們要借用最新的心理學、物理學、地形學、地質學、氣候學等科學去了解它，再用理智去選擇接受罷了。《景觀‧自在　楊英風》P.153

●如果一個人欣賞景觀或雕塑，只注意到外在（形下）的一面，事實上他只看到「景」而已，這樣還不夠，還不合乎中國的智慧。他必須再進一步把握內在於形象的精神面形上，用他的內心(本具的良知良能)與此精神相溝通，如此才是「觀」。所以簡單的說：「景」是外景，是形下的；「觀」是內觀，是形上的。任何事物都具形上形下的兩面，只有擦亮形上的心眼才能把握、欣賞另

一層豐富的意義世界——用這個觀點來欣賞，則無物無非景觀，所以古人說：萬物靜觀皆自得，誠斯言之不虛也！《景觀‧自在　楊英風》P.153

雕刻‧版畫類──陳庭詩

陳庭詩（1916～2002）

●我的畫是屬於我自己的，我沒有東方與西方的選擇和苦惱。《神遊‧物外　陳庭詩》P.62

●我聽不見水聲，但我能看見水。浸在水裏也能引起靈感。《神遊‧物外　陳庭詩》P.66

●藝術家要多方面去探索與嘗試，再從嘗試中比較選擇，藝術是沒有終極的，所有的創作都是過程的選擇。《神遊‧物外　陳庭詩》P.87

●來自拆船場的廢鐵更有質感，形狀粗獷、殘缺、不整，正與我的版畫相符，我的版畫是塊狀的組合，雕塑則是鐵塊成雕。《神遊‧物外　陳庭詩》P.100

●海碧天青一棹航，此身宛在水中央，神仙自是海山住，乞得石頭載滿筐。《神遊‧物外　陳庭詩》P.141

●「骨肉流離已可悲，人天永隔更長思，欲尋門巷烏衣宅，腸斷緘書誡姪時。」---1990（大陸紀行）《神遊‧物外　陳庭詩》P.154

●「平生不落尋常淚，一念慈暉淚滿襟，劫火未摧吾母照，人間今信有天心。」---1990（大陸紀行）《神遊‧物外　陳庭詩》P.154

●「八年烽火舊山城，歷劫人來認戰京，多少中華好兒女，拋頭灑血作哀兵。」---1990（大陸紀行）《神遊‧物外　陳庭詩》P.154

●「迎得香車緩緩歸，卻教細語說痴肥，心香一瓣無量祝，福壽綿長共月輝。」---1992（大陸紀行）《神遊‧物外　陳庭詩》P.147

●「應有流離入畫圖，卻教禿管笑今吾，卅年隔水飄零

鳳，幾度深宵泣夜烏，兒戲殘棋終一局，民歌昇世待三呼，扁舟容詩持竿去，跡漫煙波是釣徒。」──（壬申1992）《神遊・物外　陳庭詩》P.155

●浮海無家客，投荒有髮僧，
維摩方丈室，隱几不然燈
欲去何從去，言歸不是歸，
苟安全一命，畏事掩雙扉──（病後）

1995《神遊・物外　陳庭詩》P.155

陶藝類──林葆家

林葆家（1915～1991）

●我們可以說陶藝製作的每一因子，好像是一首由不同音符構成的曲子，以各種樂器來演奏，精確和諧，睿智的詮釋才能使人間充滿天籟之聲。所以陶藝就好比是土與火的協奏曲，作者既是指揮也是演奏本身，唯有充分明白全部因素的奧妙，以有內涵的創作意識來表現作者的風格，成果才會充滿靈氣，作品才會傳神而扣人心弦。《古典・陶藝　林葆家》P.7

●陶藝家必須尋找屬於自己的土，表現自己的泥土。
《古典・陶藝　林葆家》P.33

●你們常說沒有特殊的釉藥，為什麼不自己去創造呢？用甘蔗渣燒成灰來配釉，試試看嘛！中國古代釉藥許多都是用草木灰、石灰石來入釉的啊！松木灰、竹木灰、稻草灰摻滑石、蕨草灰，這些都是古人用過的。現代也有人用相思木灰入釉，你們也可以用荔枝和核燒灰入釉啊！那裡面一定含鐵分很多，而且燒成的效果一定不同於紅鐵。……不過，選用單一良質的黏土是不容易的，倒不如自己來配成適合自己需要的坯土。先粉碎、用球磨機磨至適當的粒度，以通過篩目的數目來決定其細度。再攪拌，最後擠成泥條，你們只要切成一段一段擱著備用就好了。就這麼簡單。《古典・陶藝　林葆家》P.33

●陶藝是祖先心血結晶的遺產，是繁忙工業社會中精神的調劑品，如何將此偉大的陶藝文化現代化呢？又如何

將伸手可及的土賦予生命……素材是土，使它具有形體，再以色彩美化它，以火燄鍛煉它，使它獲得你的意象，注入你的精神，展現出蘊涵的綜合美。陶藝家的使命是追求美的視覺、聽覺和造形，但應是取材自生活之中，而非脫離生活……中華民國至今七十二年以來，尚未產生足以代表的陶藝作品，包括我在內，這不能不說是我們從事陶藝者的一大責任。《古典・陶藝　林葆家》P.66

●陶藝好比是土與火燄的協奏曲，製作的每一個過程都是重要的，坯土的性質，釉料的成分組合，施釉的方式，裝飾的方法都影響成效，燒窯的複雜變化更是作品成功與否的主要關鍵。這其中沒有秘訣、沒有捷徑，唯一的方法就是動手做，不斷修正、再試驗；同時，必須勤於觀摩、閱讀、討論、思考，培養自己的審美觀。
《古典・陶藝　林葆家》P.67

●燒出的顏色、感覺正是你設計和想要的，而且第二次、第三次仍然燒得出來，這才算是真正心手合一，掌握住每個因素。《古典・陶藝　林葆家》P.72

●日本陶瓷源自中國，卻發揚光大成為他們的新文化。製作茶碗必須明白其用途、使用方法、生活習慣及思想，才能做出優美的工藝品。《古典・陶藝　林葆家》P.80

●傳統與仿古不同，傳統足以繼續擴充，仿古則死路一條。《古典・陶藝　林葆家》P.101

●以青瓷為例，如果用他種坯土和現代合成原料來取代，結果感覺不佳，失去原有優美神秘之感，又怎能稱為創新呢？創新是要具備更好氣質的。《古典・陶藝　林葆家》P.101

●人有心，土有神。《古典・陶藝　林葆家》P.101

●製作陶藝當然儘量以科學知識助其發展，但現代科技仍是有限的。利用有限的知識和寶貴的文化遺產，加上作陶者個人獨特的構想和技藝所完成的，具有靈性且動人心弦的作品，才可稱為陶藝。
《古典・陶藝　林葆家》P.105

民俗彩繪類——陳玉峰

陳玉峰（1900～1964）

- 水若滿，自然就會浮船。《府城・彩繪 陳玉峰》P.141

傳統木雕類——李松林

李松林（1907～1998）

- 無論如何，整件作品要作得乾淨俐落，不可以像削蕃薯一樣的隨隨便便。總是要自己用點心，慢慢研究就是了。《木雕・暢意 李松林》P.160

攝影類——郎靜山、鄧南光、張才、李鳴鵰

郎靜山（1892～1995）

- 我們的宗旨是將中國好一點的風景文物拿出來宣傳，糾正外人對中國社會的錯誤觀念，當時也不管作品能否入選，只要有展覽會的消息便寄，自一九三一年陸續不斷投寄，大約在二十年中，僅上海一個地方，統計個人寄出的照片，共有五、六千張入選各國沙龍影展。《畫意・集錦・郎靜山》P.72

- 為了求真、求善、求美，再費工夫也是值得的，從工作中得到興趣，從興趣中增加營養，這是我七十多年攝影生涯中最大的樂趣。《畫意・集錦・郎靜山》P.134

- 近來世界各國的美術攝影，鑽研日精，能於板刻之紀象作用外，別求情趣，由機械的而化為藝術的，其進步

泡足驚異，而所採構圖理法，亦多與吾國繪事相同，如湊合數種底片，匯印於一張若吾國畫家之對景物隨意取捨者然，而造成理想之新境地，其法一也，又取底片之一部分，剪裁成章，及用長焦點鏡攝影，在適合角度，求圖面物象勻稱，與吾國畫中，遠近物體，勻稱而無大差別，其理同也。《畫意・集錦・郎靜山》P.134

- 吾國素尚文藝，故繪圖音樂等，發達最早，所遺理法，泡足為今日之楷模。余之攝影，多取法於吾國繪事。歷年經驗所得，略有可觀者，如集錦照相，多依吾國繪圖理法為之。即將各底片之局部於放映時接合為一，使成為理想之境地……。故此次展覽以此類作品為多，鄙意蓋欲引起同好者之興趣，而共同努力研究之，以開闢攝影藝術之新途徑。茲為試驗之初，未審有是處否？幸觀者有所指示焉！《畫意・集錦・郎靜山》P.135

- 若集合各底片之良好部份，予以適宜之接合，則相得益彰，非獨可使廢片景物化為理想之境地，且足令人得更深之趣味。《畫意・集錦・郎靜山》P.135

- 靜山集錦照相，以中國畫理為詣歸，採用COMPOSITION之西方集錦之名，自一八四八年始用於瑞典人所製之人像，其背景多至用三十張底片，其初如何集合係油製溴素照片而成，絕非靜山集錦之法，又西方之MONTAGE（蒙太奇）乃剪貼拼湊而成，亦稱新興藝術，其意義似相同，而實際不同也，亦絕非靜山之法也，靜山集錦之法，係集合多數底片之一部而集合，專以放大時遮蔽部份光線，留須要部份光線射入溴紙，畫面則須求得與吾人自見之印象相同，使之遠近清晰，層次井然，目標顯著。集錦照相之研究，須分二部，一為技術，二為藝術。《畫意・集錦・郎靜山》P.135

- 我自離開學校在報館做事，甚忙，更不暇在繪畫上用功，常以為攝影，一抓快門，便有成功的希望，且可多得副本，任人欲為，不如繪畫須作積年累月之工。《畫意・集錦・郎靜山》P.147

- 我和善孖、大千先生昆仲早日皆相識，憶及民初當時我居住在上海東有恒路德裕里，近鄰是曾髯翁，聞大千為其門下弟子，其後與善孖友善，才和大千先生相識。張氏本家學淵源其令慈亦善繪事，善孖二哥為其長兄，

大千後得其兄薰陶有致……。《畫意・集錦・郎靜山》P.151

●此亦即吾國繪畫之理法今日始實施於照相則也，……故其遠近清晰，層次井然，集錦照相亦本此理，於尺幅中可佈置前景，中景，遠景，使其錯綜複雜，幽深雄奇，匪獨意趣橫溢，且可得較優之透視也。若以圖面章法而論，景物之賓主，揖讓，開闔，本原，驅使，行列，均須各得其宜。《畫意・集錦・郎靜山》P.158

●至於畫面，我常常想到中國畫理，就是半農說的那句話「勿忘我是中國人」，況且我們的道理為什麼不介紹人家知道呢，我想中國的藝術，往往小的道理，也可用在大的地方，大的道理，又何嘗不在小的事情當中求得，一種方法用之於一百種，一百種方法歸納於一種，任人運用，又何不可，如中國書法藝術，有八陣圖，永字八法，若用之於照片的章法，變化可以用不完的，如中國繪畫六法，幫助攝影很多，盡可採取，我以六法中「傳模移寫」的道理，創集錦照相，原來「傳模移寫」就是畫家寫生練習合成章法的道理。《畫意・集錦・郎靜山》P.160

●美國的學府也崇拜中國藝術家，中國的攝影家如若轉門學現實派未免忘本。曾有一位有名的攝影家艾敦士，他聽說我要訪後，馬上酒會歡迎，張先生也被邀在座。張（大千）先生一見他的照片，有一張他說簡直是展子虔的作品，足見古人已有了在先。艾敦士的照片有懸掛著四乘五的，也有放大至四、五十呎的，……完全受大自然的修養，最初也是個鋼琴音樂家，山水的攝影，氣機雄壯，大千先生便覺有很多是中國畫題材。我很希望國內的攝影家，須學專家，勿學時髦。《畫意・集錦・郎靜山》P.198

鄧南光（1907～1971）
●拍照之前，對人要有情感。《鄉愁・記憶　鄧南光》P.148

張才（1916～1994）
●年輕一輩普遍比較懂得理論，但在實踐上好像比理論弱些。時代的觀念也和我們不同。我們中國人常常太客氣，有時候別人講錯了，不敢或不肯去更正，一代一代這樣客氣下去就會誤歷史。不對的東西一定要更正。《影心・直情　張才》P.176

●攝影對我來說，不是寫日記。我因為書讀得少，加上自己性格的關係，這裡面並沒有理論的東西，不是藝術那麼深的東西，我只是用影像看人觀物，比較隨性、輕鬆，但又和別人的輕鬆不一樣……我喜歡攝影，就是把每一樣都拍下來，或是「順便」拍下來，不一定有什麼「藝術」的場面，一張照片反映了不同的社會層面與時代變化，生活也好，風俗也好，宗教也好，自然都會包容進去……我就是喜歡街頭或鄉村的平凡百姓，他們單純、親切，有一種樸拙的泥土味……有些照片構圖、意境都很美，但那是另一個世界，與我們沒有什麼關係，我沒興趣去研究……《影心・直情　張才》封底

李鳴鵰（1922～）
●各地民情、種族，及生活環境的大不同，豐富了我拍攝人生多彩的面貌，他們樂天知命、輕鬆樸實的樣子，呈現出一片日日是好日的祥和景象。我最喜歡拍攝小孩子了，他們無懼於相機，一下子扮鬼臉，一下子羞答答，天真浪漫，可愛極了。《時光・點描　李鳴鵰》P.143

●攝影的時候，我很喜歡取材庶民生活，表達人性善良純樸的一面，重現早期單純善良的民風。《時光・點描李鳴鵰》封底

五十位前輩美術家活動大事暨互動年表

紀元	歷史事紀	前輩美術家藝術活動暨互動年表	出　處
1895	◎日本治台開始		
1900	◎改造台北城開始		
1905	◎同盟會於東京成立		
1907	◎日本文部省美術展覽會開始舉行	◎日本水彩畫家石川欽一郎首次來台（1907~1916），赴台北擔任總督府陸軍部通譯官。	
1908	◎西部縱貫公路全線通車		
1909		◎倪蔣懷考入國語師範學校，是日本水彩畫家石川欽一郎第一個門生。	《水彩・紫瀾・石川欽一郎》年表
1912	◎日本大正時代開始（1912-1926）◎中華民國建立	◎郎靜山入《申報》館營業部工作。	《畫意・集錦・郎靜山》P.36
1913		◎陳澄波接受石川欽一郎的指導。	《油彩・熱情・陳澄波》年表
1914	◎第一次世界大戰爆發	◎李梅樹受教日本教師遠山岩，開始接觸西洋繪畫。◎三峽祖師廟翻修。	《三峽・寫實・李梅樹》P.12《三峽・寫實・李梅樹》P.12
1915	◎西來庵事件	◎黃土水國語學校畢業後任教太平公學校，半年後進入東京美術學校雕刻科木雕部，為第一位進入東京美術學校之台灣學生。	《大地・牧歌・黃土水》年表
1916		◎吳梅嶺到台北參觀「日本國博覽會」，萌生習畫念頭。	《百歲・師表・吳梅嶺》年表
1917		◎陳澄波與嘉義地方愛好美術之青年林玉山等交遊，經常相約郊外寫生。◎鄉原古統來台。◎倪蔣懷至瑞芳經營礦業，日後成為台灣美術重要資助者。	《油彩・熱情・陳澄波》年表《礦城・麗島・倪蔣懷》年表
1918	第一次世界大戰結束	◎李松林從二伯李世順學藝雕刻。	《木雕・暢意・李松林》年表
1919	◎五四運動開始	◎陳慧坤公學校四年級時，導師陳瑞麟知道他喜歡塗鴉、捏土人兒，所以向他特別介紹了當時被保送進入東京美術學校台籍雕塑家黃土水的不凡表現，因而奠定了他對於美術的濃厚興趣，以及對於東京美術學校的嚮往。◎文展取消，帝國美術院成立，舉辦首次帝展。	《雋永・自然・陳慧坤》P.14
1920	◎台灣留學生於日本組織新民會，林獻堂為會長。◎留日台灣學生發行《台灣青年》雜誌。◎中國共產黨於上海成立。	◎十月，黃土水作品「山童吹笛」入選第二屆帝展，成為第一位入選帝展的台灣美術家。◎黃土水修完東京美術學校五年雕刻科木雕部，卻以九十九分第二名成績畢業，氣得在室友張深切的面前撕掉成績單。	《大地・牧歌・黃土水》年表《大地・牧歌・黃土水》P.38
1921	台北「文化協會」成立	◎黃土水「甘露水」入選第三屆帝展，此雕塑後放在台灣教育會館門口，至今不知去向。◎李澤藩進入台北師範學校就讀，受教於石川欽一郎，並隨之四處寫生。一九三二年石川回日後，李澤藩與之聯絡不已，為了紀念恩師石川，將長子取名「遠川」，三子取名「遠欽」，取石川欽一郎之姓與名各一字以為紀念。	《大地・牧歌・黃土水》P.152《鄉園・彩筆・李澤藩》P.32
1922	◎貫徹「內地延長主義政	◎陳玉峰赴潮州考察建築彩繪之技藝。	《府城・彩繪・陳玉峰》年表

		◎陳進入第三高女，受美術老師鄉原古統啓蒙。	《閨秀・時代・陳進》P.20
		◎黃土水自東美畢業，回台研究水牛，借用艋舺富商黃金生釀酒廠房部份空間，爲臨時工作室，在此他借了一隻水牛和養白鷺鷥，仔細觀察牠們的生態。此即黃土水一九三〇年作品「水牛群像」的藍本，黃土水死後，其妻捐給中山堂。	《大地・牧歌・黃土水》P.96
		◎張大千與徐悲鴻、葉恭綽結爲摯友。	《雲山・潑墨・張大千》P.28
		◎顏水龍進入東京美術學校西畫科	《三峽・寫實・李梅樹》P.22
		◎李梅樹二十歲，由台北師範學校畢業，至瑞芳公學校任教。	《三峽・寫實・李梅樹》P.22
1923		◎洪瑞麟遷居大稻埕江山樓附近，與楊三郎爲鄰，意趣相投交往甚密。	《礦工・太陽・洪瑞麟》年表
		◎楊三郎私自離家赴日欲學美術，四月進入京都工藝學校。	《陽光・印象・楊三郎》P.30
		◎台北師範學校第二次學潮，陳植棋等人被退學。	《三峽・寫實・李梅樹》P.28
1924	◎台灣新文學運動開始	◎石川欽一郎第二次來台（1924~1932），任教台北師範學校。	《水彩・紫瀾・石川欽一郎》年表
		◎十一歲的張義雄，在嘉義中央噴水池畔，首次遇見了正在寫生的陳澄波，從此心中潛藏了當畫家的渴望。	《浪人・秋歌・張義雄》年表
		◎透過石川欽一郎的介紹，倪蔣懷與陳植棋成爲至交。	《礦城・麗島・倪蔣懷》P.39
		◎廖繼春與陳澄波同船赴日，廖坐二等艙，陳坐三等艙，下船時才相認出來。並同時考取東京美校圖畫師範科。	《色彩・和諧・廖繼春》P.40
		◎臺靜農在北大與莊嚴、董作賓結爲莫逆。	《沈鬱・勁拔・臺靜農》P.20
		◎楊三郎從京都美術工藝學校轉學至京都關西美術學校。	《陽光・印象・楊三郎》P.34
1925	◎孫中山過世。	◎臺靜農四月、經小學同學張目寒的介紹初識魯迅，此後兩人關係密切、友誼深厚。	《沈鬱・勁拔・臺靜農》年表
		◎陳進受老師鄉原古統建議，十九歲入東京女子美術學校，選讀日本畫師範科。	《閨秀・時代・陳進》P.76
1926	◎日本昭和時代開始（1926-1989）	◎溥心畬在北平春華樓邀張善孖、張大千、張目寒等人，爲「南張北溥」會面之始。	《雲山・潑墨・張大千》P.22 《王孫・逸士・溥心畬》P.72及年表
		◎黃君璧前往上海，結識黃賓虹、易大厂、鄭昶等知名書畫家。	《飛瀑・煙雲・黃君璧》P.30
		◎傅狷夫初夏入杭州西泠書畫社，拜社長王潛樓爲師。	《雲濤・雙絕・傅狷夫》年表
		◎二月吳梅嶺任職朴子女子公學校，教授圖畫科，開始與同校的老師黃笑共同推廣刺繡。	《百歲・師表・吳梅嶺》年表
		◎陳澄波「嘉義街外」入選第七屆帝展，成爲第一個入選帝展的台灣西洋畫家，同學們對他的態度完全改變，從此人人喊他先生，不再喊陳君	《油彩・熱情・陳澄波》P.27
		◎八月倪蔣懷等創立七星畫壇，第一回展於台北博物館。	《水彩・紫瀾・石川欽一郎》年表
1927	◎北伐完成，國民政府成立 ◎台灣民眾黨在台中成立	◎台展成立，郭雪湖、陳進、林玉山入選第一屆台展東洋畫部，成爲日後的「台展三少年」。	《四季・彩妍・郭雪湖》P.32 《自然・寫生・林玉山》P.40
		◎廖德政的父親廖進平成爲台灣民眾黨創立會員。	《綠野・樂章・廖德政》年表
1928	◎台北帝國大學創立。	◎劉錦堂應林風眠之邀至杭州，與陳澄波同期創作西湖系列。	《油彩・熱情・陳澄波》P.62
		◎楊三郎與陳植棋、陳澄波、陳清汾、廖繼春等人共組「赤島社」。	《陽光・印象・楊三郎》P.40
		◎李梅樹在「靜物」入選第一屆台展之後，再度以油畫「三峽後街」	《三峽・寫實・李梅樹》P.32

		入選第二屆台展，這時終於獲得家人同意，在十一月二十七日搭船航向日本。	
1929		◎張大千與俞劍華前往日本的送別宴會上，張大千、張善孖、俞劍華及晴聲等一起畫了一張花果水墨軸，並由王濟遠題字，送給上海新華藝專任教的陳澄波作紀念。	《油彩・熱情・陳澄波》P.55
		◎一月三日倪蔣懷與石川欽一郎赴南投一帶寫生，二月三日受石川鼓勵，決心從事有益於社會的事業，擬成立美術研究所。	《礦城・麗島・倪蔣懷》年表
		◎張義雄進入日本京都同志社中學，美術老師中堀愛作正巧是陳澄波東京美術學校的同學。	《浪人・秋歌・張義雄》年表
		◎洪瑞麟進入由倪蔣懷出資，石川欽一郎指導創立的「台灣美術研究所」與張萬傳、陳德旺同學。	《礦工・太陽・洪瑞麟》年表
		◎郭雪湖與鄉原古統相識，並受其指導三十餘年，師生情誼深厚。	《四季・彩妍・郭雪湖》年表
		◎顏水龍計劃留法，為了省錢，他先從日本到韓國，再搭火車從中國大陸東北經西伯利亞鐵路路過蘇俄到巴黎。留法期間生活清簡，窮的時候，只得在法國麵包上作記號，一小塊一小塊省著吃。	《蘭嶼・裝飾・顏水龍》P.31
		◎曹秋圃創澹廬書會。	《書禪・厚實・曹秋圃》年表
		◎林玉山自川端畫學校返台，就常接到於上海新華藝專任教的陳澄波的信，林玉山就是靠著這些珍貴的通信，對當時中國的畫壇有初步的認識。	《油彩・熱情・陳澄波》P.76
		◎石川欽一郎製作畫帖三種：《山紫水明帖》、《波濤萬里帖》、《花鳥風月帖》贈送倪蔣懷，鼓勵其創辦「台灣美術研究所」。	《水彩・紫瀾・石川欽一郎》年表
		◎楊三郎與陳植棋應邀講學於太平町的「台灣美術研究所」。	《陽光・印象・楊三郎》P.44
1930	◎霧社事件	◎洪瑞麟由陳植棋帶領前往日本東京，於川端畫學校洋畫部及本鄉繪畫研究所學習人體和石膏像素描，與李石樵同學，隨後張萬傳及陳德旺也到日本習畫。	《礦工・太陽・洪瑞麟》年表
		◎張萬傳抵達東京，與陳植棋、李梅樹、李石樵、洪瑞麟、陳德旺共同租屋，準備投考東京美術學校。	《在野・雄風・張萬傳》年表
		◎陳進、林玉山、鄉原古統、郭雪湖、木下靜涯組「栴檀社」。	《閨秀・時代・陳進》P.46
		◎王攀元初中畢業直升高中部。遇到影響他一生的美術老師吳茀芝，受其肯定潛在的繪畫天份並極力鼓舞，建立了走向繪畫領域的信心。	《百年・孤寂・王攀元》年表
		◎黃土水在完成「水牛群像」後英年早逝，一九三〇年十二月二十二日，由李梅樹、郭柏川護送遺體至火葬場火化，李梅樹還將遺骨捧回黃土水東京池袋的家。	《大地・牧歌・黃土水》P.138
1931	◎九一八事變	◎摯友陳植棋去世，李石樵受到很大打擊。	《高彩・智性・李石樵》年表
		◎五月，於黃土水遺作紀念展中，倪蔣懷購藏黃土水的作品。	《礦城・麗島・倪蔣懷》P.112
		◎李梅樹入岡田三郎助門下。	《三峽・寫實・李梅樹》P.46
1932	◎滿洲國成立	◎三月石川欽一郎辭職台北師範學校返日，並出版《山紫水明》、《水繪的第一步》。	《水彩・紫瀾・石川欽一郎》年表
		◎洪瑞麟筆下的「酒店」，畫的是張萬傳、陳德旺與洪瑞麟三人共赴	《在野・雄風・張萬傳》P.7

		東京習畫時的快樂時光，當年張萬傳二十三歲、洪瑞麟二十歲、陳德旺才十九歲。	
		◎劉啓祥與楊三郎同船赴法。	《抒情‧韻律‧劉啓祥》P.28
		◎臺靜農與溥心畬在北平恭王府第一次相見，此一情誼一直持續到兩人遷台以後。	《沈鬱‧勁拔‧臺靜農》P.28
		◎于右任於上海創「標準草書社」。	《草書‧美髯‧于右任》年表
1933		◎陳夏雨見舅父帶回堀進二做的外祖父肖像，遂立志學雕塑。	《完美‧心象‧陳夏雨》年表
		◎王攀元考入上海美專，選擇西畫系，得遇嚴師張弦先生。並從推廣美育的校董蔡元培、倡導人體寫生的校長劉海粟、水彩老師陳人浩，以及研究所教師潘玉良、王濟遠，及國畫老師諸聞韻、潘天壽等人身上獲益良多。	《百年‧孤寂‧王攀元》年表
		◎畫家吳湖帆將郎靜山拍攝浙江天台方廣寺石梁飛瀑一景，作爲畫稿。	《畫意‧集錦‧郎靜山》P.149
1934		◎赤島社結束，由顏水龍建議，取台灣的「台」字和太陽的「陽」字，命名「台陽」，而有「台陽美術協會」的成立。	《蘭嶼‧裝飾‧顏水龍》P.54
		◎楊三郎自法返台後，舉辦留歐個展；並以「南歐坎城」獲第八屆台展特選。	《陽光‧印象‧楊三郎》P.58
		◎郎靜山完成首張集錦代表作「春樹奇峰」。	《畫意‧集錦‧郎靜山》P.84
		◎林葆家赴日學醫，但因與自身旨趣相違，因此轉入京都高等工藝學校窯業科。	《古典‧陶藝‧林葆家》年表
		◎台灣文藝聯盟成立，並發行《台灣文藝》，由楊三郎繪製封面。	《陽光‧印象‧楊三郎》P.58
1935		◎陳夏雨持陳慧坤介紹信，進入水古鐵也（前東京美術學校雕塑科教授）之門研究雕塑。	《完美‧心象‧陳夏雨》年表
		◎張才攝下其兄張維賢與台灣詩人楊雲萍的照片。	《影心‧直情‧張才》P.33
		◎曹秋圃與郭雪湖、楊三郎、呂鐵州、陳敬輝、林錦鴻成立「六硯會」。	《書禪‧厚實‧曹秋圃》年表
		◎顏水龍畫「范無如訣別圖」，此圖後因台南市府整修被畫師塗掉名字，一九八九年台南市政府首開地方政府向藝術家道歉先例，並恢復此圖簽名。	《蘭嶼‧裝飾‧顏水龍》P.14
		◎楊三郎被推薦成爲春陽會會友。	《陽光‧印象‧楊三郎》P.62
1936	◎西安事變 ◎日政府鼓勵日本人移民台灣	◎洪瑞麟開始蒐集台灣原始藝術，與楊三郎、陳德旺同住屏東深山裡來社（今來義社）實地探尋。	《礦工‧太陽‧洪瑞麟》年表
		◎第二回台陽美展舉行時，李石樵的作品「橫臥裸婦」遭到取締，理由是「躺著的裸婦容易引起色情的聯想，站著的就沒有關係。」掀起一場色情與藝術的爭論，成爲台灣第一件人體畫風波。	《高彩‧智性‧李石樵》P.130
		◎于右任《標準草書》印本問世。	《草書‧美髯‧于右任》年表
		◎張才返台，於台北太原路開設「影心寫場」，「影心」是由台籍學者詩人楊雲萍所取名。	《影心‧直情‧張才》P.34
		◎臺靜農與老舍相識，談文論藝，喝「苦老酒」，是年魯迅逝世。	《沈鬱‧勁拔‧臺靜農》P.31
		◎七月，郎靜山與張善孖等「黃社」代表，向安徽黃山建設委員會承租桃源村壹市畝地三十年。中秋郎靜山與張善孖同遊黃山。	《畫意‧集錦‧郎靜山》年表
		◎《張大千畫集》出版，徐悲鴻於序文中推許張大千爲「五百年	《雲山‧潑墨‧張大千》P.40

		來第一人」。	
1937	◎日本對台皇民化運動展開 ◎蘆溝橋七七事變，中日戰爭開始	◎本名傅抱青的傅狷夫，認爲他的名字與傅抱石太接近，這一年開始用「狷夫」之名作畫，意爲清介自守，有所不爲，此名一直用到現在。	《雲濤‧雙絕‧傅狷夫》P.42
		◎多天，由南京遷校到重慶的中央大學，爲了重整校務，開始網羅因抗戰而四散的師資，如徐悲鴻、黃君璧、張大千、傅抱石、吳作人。	《飛瀑‧煙雲‧黃君璧》P.40
1938	◎台灣總督府徹底推行皇民化政策。	◎臺靜農與陳獨秀相識，通信達百多封。臺靜農於一九三八至一九四六，在年四川期間與陳獨秀、沈尹默、胡小石、張大千接觸交往，開啓後半生書法鑽研契機。	《沈鬱‧勁拔‧臺靜農》P.46、59
		◎陳庭詩以「耳氏」筆名，發表首幅木刻版畫於福建《抗敵漫畫》句刊。	《神遊‧物外‧陳庭詩》年表
		◎首屆府展（台灣總督府美術展覽會）開幕，楊三郎以「夕暮之庭」獲無鑑查。	《陽光‧印象‧楊三郎》P.64
		◎陳春德、陳德旺、洪瑞麟等共組「行動美術會」。	《陽光‧印象‧楊三郎》P.64
1939	二次世界大戰	◎郭柏川到北京，接待日本畫家梅原龍三郎，並與之寫生作畫。	《氣質‧獨造‧郭柏川》P.74
		◎台灣文藝愛好者王井泉，在大稻埕開「山水亭」料理店。一九三九～一九五三年的十五年中，「山水亭」成爲台灣文學藝術家的根據地；張才、李鳴鵰、鄧南光攝影三劍客也經常出入其間；立石鐵臣十分欣賞山水亭的台灣料理；郭柏川返台時，友人也在此爲之設筵洗塵。	《氣質‧獨造‧郭柏川》P.115
		◎立石鐵臣到台北帝大（今台大）理農學院，從事細密畫工作。	《灣生‧風土‧立石鐵臣》P.21
		◎五月和六月，黃君璧曾兩度與張大千同遊四川的峨眉山寫生，遊罷峨眉，他們在成都舉行了聯合畫展，看過的人不禁讚歎：「大千的畫面雄奇，君璧的境界幽深，真是各有千秋啊！」	《飛瀑‧煙雲‧黃君璧》P.40
		◎陳庭詩與宋秉恆共同主編《大眾畫刊》。	《神遊‧物外‧陳庭詩》年表
1940		◎洪瑞麟獲倪蔣懷支持，赴日參觀「紀元二千六百年奉祝美術展覽會」，並旅遊山形、岩手等地。	《礦工‧太陽‧洪瑞麟》年表
		◎三月，東京美術學校放榜，張義雄一如往年，再次與夢想擦身而過，而第一次應考的廖德政卻幸運上榜。看到榜單的張義雄，馬上到廖德政住處告訴他好消息。兩個情如兄弟的摯友，上榜與落榜，殊途的命運，都在初春的料峭寒風與酒熱之中，相對無言。	《浪人‧秋歌‧張義雄》P.28
		◎郭柏川在北京北海公園與朱婉華結婚，台籍音樂家江文也爲之譜結婚進行曲。	《氣質‧獨造‧郭柏川》P.90
		◎廖德政入東美，成爲留日最後一位台籍生，與留日第一位台籍生黃土水（1915）前後相距整整二十五年。	《大地‧牧歌‧黃土水》P.44
1941	◎太平洋戰爭爆發。	◎郭柏川第三屆個展時，黃賓虹題讚。	《氣質‧獨造‧郭柏川》P.61
		◎席德進考進成都省立技藝專科學校，接受龐薰琹指導，接觸馬蒂斯、畢卡索等西方大師作品。	《山水‧獨行‧席德進》年表
		◎于右任與張大千在敦煌相遇，一是考察西北形勢，一是臨摹敦煌壁畫，張大千向于右任力陳，儘速成立「敦煌藝術學院」以保護文化財	《草書‧美髯‧于右任》P.120

		產，經于右任奔走，在一九四三年成立「敦煌藝術研究所」。	《油彩‧熱情‧陳澄波》P.114
		◎陳澄波與李梅樹、楊三郎、陳敬輝、林玉山、郭雪湖，於淡水合作寫生圖。	《油彩‧熱情‧陳澄波》P.114
		◎立石鐵臣自創刊號《民俗台灣》雜誌，連載「台灣民俗圖繪」一直到一九四五年停刊為止。	《灣生‧風土‧立石鐵臣》年表
		◎「集錦照相」一詞，首度出現於《郎靜山攝影專刊第二集》之〈自序〉。	《畫意‧集錦‧郎靜山》P.135
1942		于右任「標準草書千字文」公布。	《草書‧美聲‧于右任》年表
1943	◎開羅宣言	◎郭柏川初試在宣紙上作油畫。	《氣質‧獨造‧郭柏川》年表
1944	◎蔣中正主席號召十萬青年十萬軍 ◎日本在台灣實行徵兵制	◎張大千與臺靜農好友張目寒同住四川青城山上的上清宮，看到了臺靜農用倪元璐的體勢寫給張目寒的書信，非常驚喜。但認為臺靜農尚未得到倪元璐書法的精髓，於是馬上命學生雙鉤倪元璐所寫的巨幅行書《體秋》送給臺靜農，臺靜農如獲至寶，認為僅次真蹟一等，十分珍視。	《沈鬱‧勁拔‧臺靜農》P.58
		◎沈耀初與沈漢楨、沈錫純共組「燕石畫社」。	《野趣‧摯情‧沈耀初》P.80
		◎楊英風考入東京美術學校建築科後，受教於羅丹嫡傳弟子朝倉文夫及日本木構建築大師吉田五十八兩位教授。	《景觀‧自在‧楊英風》年表
		◎四川美術協會舉辦「張大千臨摹敦煌壁畫展覽」，轟動一時。	《雲山‧潑墨‧張大千》P.56
1945	◎波茨坦宣言 ◎二次大戰結束，台灣光復	◎林風眠老師教席德進用線去表現物體，而不是去追求光和影的變化，後來在席德進的人物畫上，就一直可以看到他自學生時代起就執意追求的線和形。	《山水‧獨行‧席德進》年表
		◎五月上旬，廖德政於廣島外海的江田島海軍兵學校從事勤勞服務，八月六日目睹廣島原子彈爆炸。	《綠野‧樂章‧廖德政》年表
1946	◎台灣各報取消日文版，推動全民學國語	◎陳夏雨受聘在台中師範學校任職，與同校的老師廖繼春、林之助私下感情甚篤，人稱「中師三友」。	《完美‧心象‧陳夏雨》P.30
		◎鄧南光在台北市衡陽路上開設「南光照相器材行」。	《鄉愁‧記憶‧鄧南光》年表
		◎臺靜農來台，任教台大中文系達二十七年。	《沈鬱‧勁拔‧臺靜農》年表
		◎楊英風前往山西大同雲崗石窟一遊，驚儵於佛像雕刻之莊嚴高偉，自此與「魏晉美學」、「佛教雕刻」結下不解之緣。	《景觀‧自在‧楊英風》年表
	◎台灣全省參議員選舉	◎廖德政三月自東京美術學校畢業後返台，為戰前東京美校最後一位台籍生。	《綠野‧樂章‧廖德政》年表
		◎陳庭詩受邀擔任台中《和平日報》分社美編，主編〈新世紀副刊〉、〈每週畫刊〉及負責〈環島行腳見聞〉連載。為《新知識》及楊逵、王思翔創辦的《文化交流》設計封面並畫漫畫。	《神遊‧物外‧陳庭詩》年表
		◎楊三郎負責籌辦全省美展。	《陽光‧印象‧楊三郎》P.68
		◎台陽美協暫停活動。	《陽光‧印象‧楊三郎》P.68
1947	◎二二八事件爆發	◎元宵節張大千前來頤和園拜訪溥心畬，並攜帶「江隄晚景」等名畫請求鑑定。	《王孫‧逸士‧溥心畬》
		◎陳澄波被捲入二二八事變之中，因而喪生，年僅五十三歲，遺作為四號小品「玉山」。	《油彩‧熱情‧陳澄波》P.143

		◎廖德政父親廖進平因二二八事件受難失蹤。	《綠野·樂章·廖德政》年表
		◎一九四六軍全面叛亂，物價暴漲，同屬「燕石畫社」的沈漢楨獨自到廈門辦畫展，畫作按黃金計算，但卻銷售一空。第二年，沈耀初跟進，亦到廈門辦個展，不料當地報紙《江聲報》卻評論其畫作「粗狂霸悍有餘」、「缺乏古樸渾厚的意味」。對四十二歲的他而言，這是相當大的打擊。	《野趣·摯情·沈耀初》P.92
		◎李梅樹任三峽祖師廟重建主持人。	《三峽·寫實·李梅樹》P.66
1948	◎蔣中正、李宗仁當選中華民國行憲後第一任總統、副總統。 ◎動員戡亂時期臨時條款實行	◎《台灣新生報》三週年攝影比賽，張才得第一名，鄧南光、李鳴雕同列第二，從此「三劍客」之譽不脛而走。	《鄉愁·記憶·鄧南光》年表
		◎洪瑞麟為倪蔣懷畫像，與倪亦師亦友，感情深厚。	《礦工·太陽·洪瑞麟》P.77
		◎立石鐵臣遭遣返回日本，一九六二年畫下「吾愛台灣」。	《灣生·風土·立石鐵臣》年表
		◎張才與陳奇祿同至蘭嶼考察，遇颱風，風雨打壞陳的萊卡相機和手錶，氣得陳抽掉一包香煙，張才拍下風雨中撐傘奮力前行的陳奇祿。	《影心·直情·張才》P.165
		◎為幫助陳夏雨解決生活經濟問題，王白淵、林之助、王井泉、張我軍等人成立陳夏雨後援會。	《完美·心象·陳夏雨》P.32
1949	◎國民政府遷台、 ◎三七五減租開始 ◎實施戒嚴令。 ◎發行新台幣，四萬元舊台幣兌換一元新台幣。 ◎中華人民共和國成立。	◎陳慧坤擔任台北師範學院二年級導師，就近與任二年級國畫科的教授溥心畬請教國畫，多所啟發。	《雋永·自然·陳慧坤》P.42
		◎劉其偉看了工程師香洪個展，下決心畫畫，並畫出第一張習作「塌塌米上熟睡的小兒子」，拿給師大馬白水教授看，馬稱劉其偉為「天才」。	《探險·巫師·劉其偉》P.28
		◎三月傅狷夫全家搭「海張輪」，由上海過台灣海峽避難，渡海時有感海浪的瞬息萬變與驚濤駭浪，激發日後開創畫海的獨特技法，及阿里山雲海或台灣東海岸的洶湧波濤。	《雲濤·雙絕·傅狷夫》年表
1950	◎韓戰爆發 ◎台灣實施地方自治	◎戰後郭柏川從大陸返台後，之前在北平藝專的同事黃賓虹寄來一信，除祝慰郭柏川病情好轉外，並表示杭州湖光山色足增畫稿，並隨信附上小幅畫作。	《氣質·獨造·郭柏川》P.57
		◎朱德群與李仲生等在台北創設「美術研究班」。	《陽光·印象·楊三郎》P.70
		◎李梅樹當選台北縣第一屆縣議員。	《三峽·寫實·李梅樹》P.84
1951	◎美國開始對台灣提供經濟及軍事上的援助	◎台灣第一本專業攝影雜誌《台灣影藝》由李鳴鵰發行出版，內容收錄郎靜山、張才、鄧南光等人作品，前後只出三期。	《時光·點描·李鳴鵰》P.121 《鄉愁·記憶·鄧南光》P.111
		◎劉其偉於台北中山堂首次舉辦個展，陳慧坤、李仲生、何鐵華、郎靜山於報上為之寫畫評。	《探險·巫師·劉其偉》P.30
		◎楊英風應藍蔭鼎之邀至農復會《豐年》雜誌擔任美術編輯，達十一年之久。期間創作大量的鄉土版畫、速寫、漫畫與插畫，記述台灣早期農村生活的風土人情。	《景觀·自在·楊英風》年表
1952		◎劉啓祥成立「高雄美術研究會」。	《抒情·韻律·劉啓祥》P80
1953	實施耕者有其田	◎「南美會」於台南成立，是南台灣最大美術團體，郭柏川被公推為會長。	《氣質·獨造·郭柏川》P.134
		◎顏水龍出版《台灣工藝》。	《蘭嶼·裝飾·顏水龍》P.76
1954	◎台美共同防衛條約。	◎余承堯五十六歲畫出人生第一張畫。	《隱士·才情·余承堯》年表

		◎溥心畬以《寒玉堂畫論》一書獲教育部第一屆美術獎。	《王孫・逸士・溥心畬》年表
		◎林之助組織中部美術協會，當選理事長。	《膠彩・雅韻・林之助》年表
		◎廖德政與洪瑞麟、陳德旺、張萬傳、金潤作、張義雄六人合組紀元美術會，並於台北市博愛路美而廉西餐廳，推出第一屆紀元展。	《綠野・樂章・廖德政》年表
		◎陳其寬與紐約建築師貝聿銘合作設計東海大學。	《空間・造境・陳其寬》年表
1955		◎陳雲程經由台北和平東路裱畫店翰林苑的趙老闆介紹，認識于右任。	《草書・狂雲・陳雲程》年表
		◎張大千與溥心畬同在日本江戶，溥心畬在張大千照片上題詩「滔滔四海風塵日，天地難容一大千；恰似少陵天寶後，吟詩空憶李青蓮。」此複製照後為臺靜農所珍藏。張大千、溥心畬、臺靜農三人互相題贈之詩文圖畫甚多，足見情誼深厚。	《沈鬱・勁拔・臺靜農》P.112
1956		◎張大千與畢卡索於法國尼斯會面。	《雲山・潑墨・張大千》P.75
		◎劉啟祥成立「啟祥美術研究所」，邀請楊三郎、顏水龍、李石樵、廖繼春來指導，一個月只酌收學生二十元學費。	《抒情・韻律・劉啟祥》P.92
		◎第十九屆台陽美術展在台北福星國小舉行，李澤藩的「玫瑰花」受到師大美術系主任黃君璧欣賞，透過林玉山教授的介紹，聘請李澤藩到師大任教。	《鄉園・彩筆・李澤藩》P.85
1957		◎五月畫會、東方畫會成立，代表抽象主義西潮湧入。	《色彩・和諧・廖繼春》P.80
		◎陳其寬返台主持東海大學建築事宜。	《空間・造境・陳其寬》年表
		◎第四屆全省美展，林玉山受聘為國畫部審查員。	《自然・寫生・林玉山》P102
1958	八二三砲戰爆發	◎溥心畬的《寒玉堂畫論》由世界書局出版。	《王孫・逸士・溥心畬》年表
1959	八七水災	◎林玉山畫水墨花鳥贈曹秋圃，曹秋圃以詩謝答之，曹林相差十二歲，卻是幾十年老友。	《書禪・厚實・曹秋圃》P.126
		◎英國藝術評論家蘇利文著《二十世紀中國畫》中，評陳其寬為：「最具創造性之中國畫家之一。」	《空間・造境・陳其寬》年表
1960	中部橫貫公路通車	◎洪瑞麟、楊三郎參加由基督教青年會（YMCA）所舉辦的健行團橫越中央山脈寫生。	《礦工・太陽・洪瑞麟》P.116
		◎傅狷夫開始潛心研究畫海濤與「裂罅皴」等技法。	《雲濤・雙絕・傅狷夫》年表
		◎李松林承製臺灣天主教友呈獻羅馬教宗若望廿三世加冕禮物祭台、聖體龕等，亦參與鹿港龍山寺重修。	《木雕・暢意・李松林》年表
1962		◎五月，「廖繼春 席德進聯合畫展」於台北美國新聞處展出。	《色彩・和諧・廖繼春》年表
		◎江兆申攜畫作向溥心畬請益，行跪拜叩首弟子大禮，溥不收分文。	《文人・四絕・江兆申》P.21
1963		◎李鑄晉在國樂家梁在平家中見余承堯畫的山水畫，乍看之下以為是宋以前的古畫，後梁在平告知，乃結識余承堯，以後李鑄晉將余承堯的藝術推介至國際藝壇。	《隱士・才情・余承堯》P.90
		◎王攀元加入蘭陽畫會為顧問。蘭陽畫會是宜蘭地區早期最具規模的畫會，成員是宜蘭地區喜好繪畫的老、中、青三代。	《百年・孤寂・王攀元》年表
		◎謝里法出國留學之前在宜蘭縣救國團展出畫作，王攀元以五百元購買一張畫作；當時五百元是將近一個月的薪水，事後卻為了女兒的學費而四處張羅。如此鼓勵後進的熱忱，令謝里法五十年來記憶在心。	《百年・孤寂・王攀元》P.62

		◎陳其寬與貝聿銘合作設計的東海大學路思義教堂落成，獲世界建築界重視。	《空間‧遠境‧陳其寬》年表
1964		◎洪瑞麟與楊三郎環島寫生，第一次踏上蘭嶼，探討原始的藝術。	《礦工‧太陽‧洪瑞麟》P.116
		◎于右任逝世，曹秋圃親自與祭並撰「祭于右任先生文」。	《書禪‧厚實‧曹秋圃》P.112
		◎楊英風陪同于斌主教觀見教宗若望保祿六世，感謝支持輔大在台復校。	《景觀‧自在‧楊英風》年表
		◎王攀元在宜蘭聯展上得識李德、龐曾瀛、劉煜、劉其偉等畫家，尤其受到李德的賞識，認爲他的水彩畫有特殊表現，代表某種文人思想和中國韻味。	《百年‧孤寂‧王攀元》年表
1965	◎美國介入越戰。	◎江兆申首次個展於台北中山堂，引起重視，後經陳雪屏、葉公超聯合推薦至故宮，江兆申在一九六五年四十一歲進入故宮，一直作了二十七年。	《文人‧四絕‧江兆申》P.22
1966	◎文化大革命爆發	◎于右任銅像立於仁愛路敦化南路圓環，一九九七年因台灣政治生態改變，此銅像遂被移至國父紀念館的碑林安置。	《草書‧美髯‧于右任》P.149
		◎林玉山赴日訪堂本印象恩師及木下靜涯、國松不忘。	《自然‧寫生‧林玉山》P104
1967	◎台北市改制直轄市		
1968	◎九年國民義務教育開辦	◎張大千將大風堂收藏廿餘年的倪元璐《古盤吟》卷寄贈臺靜農。	《沈鬱‧勁拔‧臺靜農》P.115
		◎朱銘拜於楊英風門下。	《景觀‧自在‧楊英風》年表
1969		◎黃君璧遊歷過世界著名的三大瀑布南非維多利亞大瀑布、巴西衣瓜索瀑布、加拿大尼加拉瓜大瀑布以後，深深感受到，傳統畫法已經無法表現如同萬馬奔騰、轟然有聲的巨瀑，因此他先後創造出「倒人字形」、「抖動搖擺形」的畫瀑新法。	《飛瀑‧煙雲‧黃君璧》P.84
		◎馬白水應邀參加梵蒂岡紅衣樞機主教于斌加冕典禮，呈現「人類的燈塔」彩墨畫作一件，承教皇若望保祿六世召見並賜獎章。於歐美旅行寫生四個月，此時期開始致力於新風格的彩墨繪畫。	《彩墨‧千山‧馬白水》年表
1970		◎洪通自薦參加全省美展，到台南社教館、美國新聞處洽辦展覽，皆吃了閉門羹。後來趁南鯤鯓廟節慶的人潮，把畫作掛在廟邊供人觀賞，但沒有引起太多注意。	《靈魅‧狂想‧洪通》年表
		◎楊英風創作日本大阪萬國博覽會中國館前之景觀雕塑「鳳凰來儀」，爲創作生涯中最重要作品之一，亦爲建築師貝聿銘（中國館設計人）與中國雕塑家合作首例。	《景觀‧自在‧楊英風》年表
1971	◎中共進入聯合國 ◎中華民國退出聯合國	◎鄧南光逝世，郎靜山以「引導群倫，啓發後進」輓之。	《鄉愁‧記憶‧鄧南光》P.172
		◎洪通至台南市向曾培堯習畫。	《靈魅‧狂想‧洪通》年表
1972	◎尼克森訪問大陸 ◎蔣經國就任行政院長 ◎台日斷交	◎洪瑞麟自瑞芳煤礦退休，長達三十五年的礦坑生涯留下許多動人作品。	《礦工‧太陽‧洪瑞麟》P.130
		◎中視編導王曉祥前往洪通居處探望，並拍攝一支短片，於中視「新聞集錦」節目播放。五月，代天府廟前舉辦攝影比賽，洪通再度將畫作懸掛在廟牆上，被前往採訪報導的記者發現，將洪通事蹟傳至台北藝文界，記者寫成<The Mad Artist>一文刊登於《漢聲雜誌》英文版雙月刊七－八月號（當時名爲Echo of Things Chinese）。	《靈魅‧狂想‧洪通》年表
		七月，高信疆於《中國時報》人間副刊發表<洪通的世界>一文。	《靈魅‧狂想‧洪通》年表
1973	◎美國決定停止對台灣無	◎四月，台北《雄獅美術》製作「一個傳奇畫家——洪通特輯」，	《靈魅‧狂想‧洪通》年表

	償軍援 ◎十大建設開始 ◎美軍完全撤退越南	十天後即銷售一空。四月四日，《雄獅美術》月刊社於台北羅斯福路「中國文藝協會」舉辦「洪通討論會」，觀眾反應熱烈，討論內容與四月號讀者投書發表於《雄獅美術》五月號「大家談洪通——洪通特輯的反響」。一時之間，洪通成為各個媒體的焦點人物，慕名前往拜訪洪通的人絡繹於途。	
		◎擔任歷史博物館國家畫廊的顧問姚夢谷到高雄一家裱畫店看畫，發現一幅花鳥畫特別吸引人，不知是何方人士，經人引介下，原來是隱居在中興新村山邊一處農場的沈耀初。由於姚夢谷的慧眼識英雄，沈耀初的作品進入國家級的藝術殿堂。	《野趣·摯情·沈耀初》P10
1974		傅狷夫因青光眼疾嚴重，不得不開刀休筆數月。獲王壯為贈印「願君壽」、「得意為樂」。	《雲濤·雙絕·傅狷夫》年表
1975	蔣中正逝世，蔣經國時代來臨		
1976	周恩來、毛澤東去世	◎三月十三日至二十五日，《藝術家》雜誌何政廣為洪通於台北美國新聞處林肯廳舉辦畫展，盛況空前。《藝術家》雜誌三月號推出「洪通畫展專輯」與四月號雜誌，以巨大篇幅邀請學者專家討論洪通作品。《中國時報》「人間副刊」自三月十二日至十七日，每天刊登專文討論，是「洪通熱」的最高潮。	《靈魅·狂想·洪通》年表
1977	鄉土文學論戰	◎在國畫論爭之中，二月林之助正式提出「膠彩畫」之新名稱。	《膠彩·雅韻·林之助》年表
		◎ 在華南銀行所出品的火柴盒上，印有李石樵的「三美圖」和驚人之語「繪畫絕不允許摸不到的作品存在，畫維納斯就必須能抱住她!」因而遭到民眾檢舉，引起色情與藝術之爭的風波。	《高彩·智性·李石樵》P.130
		◎楊英風於日本京都觀賞雷射藝術，激發創作雷射景觀。於台灣召開中華民國「雷射推廣協會」第一次籌備會議，將雷射藝術及科技引進台灣。	《景觀·自在·楊英風》年表
1978	台美斷交	◎張大千正式遷入外雙溪，由老友臺靜農題「摩耶精舍」四字，刻成匾額，掛在大門外。	《沈鬱·勁拔·臺靜農》P.126
1979	美麗島事件	◎席德進前往香港會見杭州藝專時代的恩師林風眠。	《山水·獨行·席德進》年表
		◎洪瑞麟「三十五年礦工造形展」由雄獅美術策展於春之藝廊，洪瑞麟畫風寫實的普羅美術造成轟動。畫壇老友李梅樹、陳夏雨、陳德旺、金潤作等都相約赴展，連蔣經國總統也去參觀。	《礦工·太陽·洪瑞麟》P.140
		◎陳澄波逝世後三十二年，首次「陳澄波遺作展」由雄獅美術策劃展於春之藝廊。昔日畫壇老友紛紛出席，林玉山、楊三郎、張萬傳、李石樵等到場觀賞，含淚致意。	《油彩·熱情·陳澄波》P.154
1980	新竹科學園區開工	◎永安礦坑發生災變，洪瑞麟提供二十五幅曠工速寫作品，於台北阿波羅畫廊舉辦「五一勞動節 救援永安礦坑災變」作品義賣展。	《礦工·太陽·洪瑞麟》年表
		◎立石鐵臣逝世，年七十五，逝世前《雄獅美術》推出「立石鐵臣特輯」，據民俗學者池田敏雄說，立石病中看了「非常安慰」，「特別高興」。	《灣生·風土·立石鐵臣》p.166
		◎林葆家赴實踐家專教授陶瓷課程，也是應好友顏水龍力邀之故。兩人相知相惜的深厚情誼，在藝術界傳為美談。	《古典·陶藝·林葆家》P.116
1981		◎張大千贈「荷花」畫作，席德進以「瑞濱海岸」回贈。	《山水·獨行·席德進》年表

1982		◎江兆申為臺靜農訂書法潤例，以減輕臺靜農求字者無數之擾。	《沈鬱・勁拔・臺靜農》P.133
1983		◎台北市立美術館開幕。	
1985	◎美總統雷根要求台灣民主化。	◎李松林獲頒教育部首屆薪傳獎。 ◎黃君璧捐贈他所收藏的二十一件書畫文物精品給故宮博物院。	《木雕・暢意・李松林》年表 《飛瀑・煙雲・黃君璧》P.111
1986	◎民主進步黨成立	◎陳慧坤八十回顧展，黃君璧贈聯「數度歐遊多傑作，杖朝此日尚雄心」。	《雋永・自然・陳慧坤》P.100
		◎「雄獅美術」企劃余承堯專輯、個展，余承堯為世所知。	《隱士・才情・余承堯》年表
		◎林葆家與師範大學美術系教授蘇茂生、鄭善禧、陳景容在永漢文化會場舉辦陶藝聯展，著名的作品「龍」首次展出。	《古典・陶藝・林葆家》年表
		◎十一月，林葆家榮獲教育部頒七十五年度民族藝術薪傳獎，肯定其長年潛心研探開發傳統陶瓷藝術之精奧，並將獨到之心得廣傳國內從業人員，提昇陶瓷藝術水準與普及陶瓷工藝風氣。	《古典・陶藝・林葆家》年表
1987	◎台灣解嚴	◎洪瑞麟畫陳植棋畫像。不論生活或藝術上對洪瑞麟多所照顧的陳植棋令洪瑞麟很是感念，雖身體不適，洪瑞麟仍奮力完成此畫像。	《礦工・太陽・洪瑞麟》P.33
1988	◎蔣經國去世 ◎五二〇農民運動		
1989	◎中共軍事鎮壓天安門學運	◎陳慧坤於國立歷史博物館與陳進、林玉山舉行聯展。 ◎林葆家提出了「新古典」的美學觀，並應國立歷史博物館邀請展出，擬定了「青瓷系列」，作為詮釋「新古典」深化表現的示範。	《雋永・自然・陳慧坤》年表 《古典・陶藝・林葆家》P.115
1990	◎台灣以「台澎金馬」名稱回歸 GATT組織。	◎一九九〇年十月二十日凌晨，宵小闖入了黃君璧家，把徐悲鴻所繪的黃君璧像及其他二十幾件作品給竊走了，這對當時已經九十三歲高齡的老畫家來說，實在是最大的打擊啊！	《飛瀑・煙雲・黃君璧》P.113
1991		◎楊三郎美術館落成開幕。	《陽光・印象・楊三郎》P.118
1995	◎全民健保開辦	◎台灣首座公共廣場上的文化銅像「陳澄波銅像」，由陳澄波的外孫蒲浩明雕塑。	《油彩・熱情・陳澄波》P.157
		◎吳梅嶺一百歲，六月「吳梅嶺百年繪畫首展」於國立歷史博物館展出。七月嘉義朴子市梅嶺美術館落成。	《百歲・師表・吳梅嶺》年表
1996	◎首度總統民選	◎十一月八日，江蘇省劉海粟美術館珍藏李鳴鵰所攝的「牧羊童」。	《時光・點描・李鳴鵰》年表
1997	◎國民大會決議廢台灣省。 ◎鄧小平去世。	◎楊英風完成「協力擎天」景觀雕塑，為慶祝宜蘭開拓二百週年紀念物，設置不鏽鋼景觀雕塑「日月光華」及鑄銅「龜蛇把海口」。	《景觀・自在・楊英風》年表
1999	◎九二一大地震		
2005	◎雄獅美術與文建合作完成出版【家庭美術館——美術家傳記叢書】五十冊，及導覽別冊《台灣美術中的五十座山岳》作為五十本美術家傳記叢書的回顧與展望。		

1983

▲ 陳奇祿任文建會首任主委時,由當時的美術科科長黃才郎提案出版【十大美術家】叢書及錄影帶,文字撰寫工作委由民俗學者莊伯和統籌,另由程延華擔任攝影。

1985

▲ 隨著【十大美術家】錄影帶的陸續面世,引發藝文界對入選藝術家名單的強烈質疑與反彈。部份人士質疑名單中在象徵意義上,少列了陳澄波;在實質功力上,少列了李石樵,因而對此多有爭議。

1989

▲ 黃才郎離開文建會。【十大美術家】叢書已具雛型,卻因爭議不斷而遲遲未能付梓出版。

1990

▲ 文建會擬委託雄獅與藝術家兩出版社聯手印行出版。初步協議雙方各出版五本,後因實際執行上的困難而作罷。

1992

▲ 延宕近十年的出版計劃終於圓滿落幕。經文建會主委郭為藩與《雄獅美術》發行人李賢文研商後,決定將原先出版畫冊的計劃,改為針對一般讀者及青少年的大眾讀物。系列名由原來的【十大美術家】易名為【前輩美術家】,全套書由雄獅圖書公司重新整合編寫並出版。名列出版名單的藝術家包括:李梅樹、張大千、陳進、顏水龍、楊三郎、李澤藩、黃君璧、林玉山、劉啓祥、沈耀初十人。

1993

▲ 歷經十年催生的【前輩美術家叢書】首先以《三

一九九三年,《三峽‧寫實‧李梅樹》、《雲山‧潑墨‧張大千》兩本新書發表會,右起楊三郎、林玉山、顏水龍及文建會首任主委陳奇祿合影留念。

峽‧寫實‧李梅樹》、《雲山‧潑墨‧張大千》兩本新書問世,並以「家庭美術館」為系列名。在新書發表會上,文建會主委申學庸表示,【前輩美術家叢書】是台灣美術界近百年的縮影,這套書以青少年為一般對象,用詞深入淺出,而為了推廣美術文化,計劃將圖書寄送給中、小學圖書館。

1993年在新書發表會上,文建會主委申學庸表示,【前輩美術家叢書】是台灣美術界近百年的縮影,為了推廣美術文化,計劃將圖書寄送給中、小學圖書館。

1994

▲ 【前輩美術家叢書】第一階段出齊,文建會與雄獅美術為瞭解青少年對美育與相關出版品的看法,特別召開了一場「青少年話美術」座談會,參與的學生對這叢書的評價均是正面的,但對於如何在繁忙的課業之餘能抽空閱讀,卻充滿疑惑。

1995

▲ 【前輩美術家叢書】第一階段十本榮獲八十四年度藝術生活類圖書出版金鼎獎。評審召集人王壽南教授針對這套叢書講評如下:「通常傳記類作品,容易流於兩種通病,一是浮光掠影,二是歌功頌德,這套書則避開了這兩種流弊,做到完整而不失真的記錄。而一般對於美術家的介紹,通常有兩種方式,一是由歷史角度切入,注重美術家的實際活動及年表,二是說明解釋這位美術家作品的風格與特性,也就是注重藝術欣賞,雄獅這套書把這兩種方式成功地融和在一起,一方面用傳記題材敘述,另一方面又兼顧到藝術欣賞,所以使人看了不會覺得枯燥。」

▲ 【前輩美術家叢書】第二階段出版計劃議定。名列出版名單的藝術家包括:黃土水、席德進、溥心畬、廖繼春、郭柏川、李石樵、陳澄波、洪瑞麟、余承堯、于右任十人。

1997

▲《山水・獨行・席德進》一書榮獲第二屆新聞局「小太陽獎」人文類最佳美術設計。

1998

▲【前輩美術家叢書】第二階段出版完成，文建會主委林澄枝於新書發表會上表示，研究、整理台灣美術史料提供學術界和民眾參考，是文建會的重點工作之一，希望藉由這套叢書的出版問世，將上一代美術家的理想與特質，傳遞給社會大眾。

▲【前輩美術家叢書】第二階段十本榮獲八十七年度藝術生活類圖書出版金鼎獎。評審委員給予的得獎理由為：一、豐富的圖版與文字，生動活潑地引導讀者進入美術文化領域。二、完整的企劃融合畫家傳記、文化背景和藝術欣賞，引領讀者對台灣前輩美術家的深刻認知。三、深入淺出的編輯努力，在藝術生活化方面，促進了讀者鑑賞能力之提升。基於這樣的特色，確能達到編輯主旨，促成真、善、美之良好情操。

一九九八年，第二階段【家庭美術館──前輩美術家叢書】新書發表會，文建會主委林澄枝（左一）熱情地向楊三郎的遺孀楊許玉燕握手致意。

1999

▲《礦工・太陽・洪瑞麟》一書榮獲第四屆新聞局「小太陽獎」最佳美術設計。

2000

▲【前輩美術家叢書】第三階段出版計劃議定。名列出版名單的藝術家包括：陳慧坤、劉其偉、張才、臺靜農、郭雪湖、陳玉峰、鄧南光、江兆申、曹秋圃、陳夏雨十人。同時將【前輩美術家】叢書更名為【美術家傳記叢書】，以更符合套書性質。

2001

▲【美術家傳記叢書】第三階段前五本完成出版，分別是《雋永・自然・陳慧坤》、《探險・巫師・劉其偉》、《影心・直情・張才》、《沉鬱・勁拔・臺靜農》、《四季・彩妍・郭雪湖》。

2002

▲【美術家傳記叢書】第四階段出版計劃議定。名列出版名單的藝術家包括：吳梅嶺、洪通、倪蔣懷、陳雲程、林葆家、林之助、傅狷夫、張萬傳、郎靜山、立石鐵臣十人。

▲【美術家傳記叢書】第三階段完成出版，新書發表會上主委陳郁秀指出，文建會之所以持續推動美術家的傳記，著眼點在「每幅畫的背後都有故事流傳，而故事勾勒出歷史與文化想像的空間」；雄獅美術總編輯李賢文則期盼透過前輩美術家的足跡，引導台灣走向未來更包容的文化視野。

二○○二年，【美術家傳記叢書】第三階段新書發表會上，右起文建會主委陳郁秀與前輩畫家陳慧坤、莊金枝夫婦合影。

2003

▲在【美術家傳記叢書】第四階段執行的過程中，第五階段出版計劃的議定也同時完成。名列出版名單的藝術家包括：陳其寬、廖德政、楊英風、陳庭詩、張義雄、馬白水、李松林、王攀元、李鳴鵰、石川欽一郎十人。

▲為了將藝術文化融入大眾生活，由文建會規劃、台中明道管理學院執行、雄獅美術協辦的「台灣藝術名家廊道」正式進入台北市捷運「善導寺站」。這項展覽是在善導寺站的五個出入口分別介紹三十四位台灣前輩美術家的個人圖像及相關創作，進入捷運站後，以放大切割的立體視覺效果展示十五位台灣前輩美術家的代表作品。

2004

▲【美術家傳記叢書】第四階段完成出版，在此階段中首度納入早期在台的日本畫家立石鐵臣，展現了寬廣包容的文化視野。文建會主委陳其南在新書發表會中表示，這套叢書的出版計劃和社區總體營造，是文建會持續時間最長的兩項計劃，「台灣美術界人才輩出，這項出版計劃是永遠停不下來的工作。」

▲【美術家傳記叢書】第四階段十本榮獲行政院新聞局第二十三次推介中小學生優良課外讀物。

▲《畫意・集錦・郎靜山》、《灣生・風土・立石鐵臣》、《空間・造境・陳其寬》三本書榮獲2004年「好書大家讀」年度好書。吳惠潔女士對《空間・造境・陳其寬》一書推薦：「它涵蓋了陳其寬先生建築的構思、繪畫創作理念，內容十分引人入勝，對建築或繪畫有興趣的青少年而言，相信可以帶來無限的啟發。」而宋珮女士對《畫意・集錦・郎靜山》一書指出：「作者收集了許多珍貴的資料與照片，尤其是郎先生抗日期間在中國大陸拍攝的風景作品，配合精緻的美編與印刷，讓讀者有著翻閱攝影集一般的快意！」而對《灣生・風土・立石鐵臣》一書，則稱許：「日本畫家立石鐵臣曾在台灣生活與創作，除了從事純藝術創作和插畫工作外，他深入探察庶民生活，將三〇及四〇年代的台灣生活風貌記錄下來。讓年輕一代的台灣人對舊有的風土民情、素樸的日常器物之美，產生孺慕、緬懷之情。」

《畫意・集錦・郎靜山》、《空間・造境・陳其寬》、《灣生・風土・立石鐵臣》獲二〇〇四年「好書大家讀」年度好書。

印刷及資料的彙整，一窺台灣美術發展史」、「對藝術與人文領域的教學助益匪淺」、「提昇藝術鑑賞力」等。

▲【美術家傳記叢書】第五階段完成出版。綜觀這五十本書，從早期水墨、西畫二大類，擴增到膠彩、書法、雕刻、攝影、民俗藝師、陶藝，乃至素人畫家、日籍畫家等類別。而美術家的選擇，除了本土美術家李梅樹、廖繼春、陳澄波、陳進、洪通等三十二人；戰後來台的溥心畬、于右任、余承堯等十六人；還包括二位早期來台的日籍畫家立石鐵臣、石川欽一郎。多種文化的融合交匯，使這套書展現了不同的台灣美術風貌。

▲文建會與雄獅美術合作出版導覽別冊《台灣美術中的五十座山岳》一書，為長達十二年五十本的【美術家傳記叢書】做一個總結的回顧與未來的展望。

2005

▲為了推廣美術文化，本叢書在每一冊出書後，以輪流寄贈方式，將書寄至各相關學校、文化中心與圖書館。雄獅美術於《木雕・創意・李松林》、《百年・孤寂・王攀元》出版完成後隨書附上問卷調查表寄至各相關單位，從有效問卷回函中統計得知：此套叢書在圖書館的借閱率達九成，並有高達百分百的比例希望能持續收到本系列叢書，而多數讀者均認為此套叢書最吸引人的是「認識台灣美術與美術家」、「資料、圖片豐富」、「撰述清晰易懂」，閱讀本叢書最大收穫是「可認識台灣美術家的畫風與畫作，極具藝術價值及學術價值」、「藉由精美的

二〇〇四年第四階段及第五階段首冊美術家傳記叢書發表會，美術家、作者、畫家家屬、顧問與策劃出版者文建會主委陳其南（前排右四）及雄獅美術總編輯李賢文（前排右三）合影。

國家圖書館出版品預行編目資料

```
台灣美術中的五十座山岳／李賢文主編
製作 . -- 初版 . -- 臺北市：文建會，
2005〔民94〕
    面；　公分 . --

ISBN　986-00-2941-5（平裝）

1.藝術家-傳記

909.9                        94022057
```

台灣美術中的五十座山岳

發 行 人／陳其南
出 版 者／行政院文化建設委員會
策　　劃／楊宣勤・李賢文
執　　行／魏嘉慧
地　　址／台北市北平東路30-1號
電　　話／(02)23434000
網　　址／www.cca.gov.tw
編輯製作／雄獅圖書股份有限公司
地　　址／106台北市忠孝東路四段216巷33弄16號
電　　話／(02)27726311
主　　編／李賢文
編輯顧問／奚淞
責任編輯／黃長春
美術設計／曹秀蓉
協力編輯／施梅珠・李柏黎・沈玫延・張明月・蔡修道

劃撥帳戶：行政院文化建設委員會員工消費合作社
劃撥帳號：10094363
網路書店網址：http:// books.cca.gov.tw
客服專線：(02)2343-4168
總 經 銷／雄獅圖書股份有限公司
　　　　　106台北市忠孝東路四段216巷33弄16號
　　　　　TEL：(02)27726311　FAX：(02)27771575
　　　　　劃撥帳號／0101037-3　劃撥帳戶／雄獅圖書股份有限公司
　　　　　網址／http://www.lionart.com.tw
　　　　　Email／lionart@ms12.hinet.net
初　　版／2005年11月
定　　價／新台幣520元
特　　價／新台幣299元
ISBN　986-00-2941-5